管仲

下

[日] 宫城谷昌光 著 靳园元 译

中信出版集团|北京

目录

太子与公子（1）

两份遗言（21）

杀意之宴（41）

主仆失踪（61）

王姬与文姜（81）

瓜熟时节（103）

贝丘有异（123）

公孙之乱（145）

命运之箭（165）

桓公庄公（185）

霸者之路（205）

天下主宰（225）

仁心之人（245）

后记（267）

解说（273）

太子与公子

如果说这是一个诸侯争霸的时代，那么郑庄公绝对算得上这一时期的霸主之一。

即使在郑庄公亡故之后，郑国依然手握霸权。

二月，郑厉公（即公子突，子元）主持了一场会盟，史书中没有明确记载此次会盟的地点，但大约是在宋国境内。另一边，齐、卫、燕三国为了支援宋国，也举行了会盟。大战一触即发。

"你怎么看？"

召忽问管仲，他是在问管仲对此次大战的胜负怎么看。

"我方将会战败。"

管仲直言。

"你说得倒是直接啊。这是殿下第一次上战场，绝不可败。"

"必败之战，自然会败。还是事先想好退路为好。"

公子纠并非领军的将领，战败退走也不丢人。相反，管仲担心的是公子纠与召忽会一味奋战而失了退路，为敌军所擒。

"但是我方兵力更强……"

召忽自言自语道。在此之前，召忽已经有些不安，现在管仲断言此战必败，他不禁有些失意，果然是要败的吗……召忽几乎没打过胜仗，其实，他也不认为这一战会取胜。

齐、卫、燕三国加上宋国的四国联军，不过是一支松散的军队。在排兵布阵方面，无非是由宋军作为前锋与郑军交战，齐军和卫军作为两翼接应宋军，而燕军从旁打游击。作为两翼的齐军和卫军丝毫没有想助宋军取胜的士气，而且燕军兵力不足，害怕伤亡，只想在这一战中全身而退。郑军向来的打法是避开敌军的锐气，攻其颓弛之处，所以此次一旦开战，正值国丧的卫军与士气不足的燕军必定会惨遭突袭。不过，齐国阵营一方也并非全无胜算。对方阵营中的纪军与燕军一样疲弱，先攻打纪军就有机会取胜。但是，宋、齐、卫三国在盟约中地位平等，也就是说，在战场上，三国之间无所谓首领。这样一来，三国各自为战，敌方的纪军如果不动，己方恐怕就不会主动与之交战。敌方联军的首领郑厉公擅长谋略，为了取胜，他一定会以鲁军为辅翼向前推进，让郑军的一部分向原地待命的燕军发起突袭。

召忽的预测与管仲所想的大体一致。召忽并不是齐僖公身边的重臣，无法向僖公献计献策，只能兀自咬牙切齿，扼腕叹息。他只有做好准备，一旦己方显露败势，就马上将公子纠带离战场。

我想让公子纠成为齐国的国君——召忽在心中呐喊着。

齐僖公远远地望向敌军的方向，他命公子诸儿带一支队伍坐镇中军，然后吩咐公子纠说：

"守住寡人的后方。"

齐僖公让公子纠退居后方。

宋、齐、卫、燕四国联军停止前进，列阵以待。就在此时，作为先锋部队的宋军向后方各军传回了一道奇怪的军报。

"前方只有郑军。"

四国将领立刻召开会议。宋庄公认为，鲁军和纪军为了与郑军会合，一定正在向这边进发，只是因为什么事耽搁了，导致郑军现在孤立无援，他们明早可趁机一举击溃郑军。齐僖公也表示同意，但是卫惠公提出了异议。

"在不确定郑军友军位置的情况下，贸然出击是无谋之举。明早，如果鲁军和纪军突然出现在我等后方，该当如何？"

卫惠公坚持认为，郑军在盟军到达之前不会轻举妄动，所以应当在掌握敌军全貌之后再发起进攻。可以确定，鲁军与纪军就在距此不远的地方，待弄清他们的具体方位后再开战确实更为稳妥。最终，宋庄公妥协，宋、齐、卫三国分别派出斥候打探消息。与此同时，郑军派了使者前来催战。宋庄公付之一笑，道：

"郑公只是在逞强罢了。"

以一国的兵力与四国联军为敌，郑国是断然不敢贸然出兵的。

　　齐僖公也表现得很放松，对左右大臣说：

　　"最快也要后日才开战。"

　　公子纠带领一支百余人的队伍退居中军之后，安营过夜。军中将士接到了明早不会开战的消息，都放松了下来。公子纠的部队所在之处并非前线，所以无须设立岗哨。管仲仰望星空，回想起此前繻葛之战时与巢画一起做斥候的情形。当时，管仲所在的郑军虽然战胜了王师，但他只记得自己惨遭横祸。

　　郑军今夜肯定也派了斥候前来打探我方的情况吧。召忽看着公子纠睡下之后，才退出帐外。管仲问他：

　　"如果召忽兄是郑军的指挥使，明早该当如何？"

　　"当然是要出兵进攻。"

　　"那么，郑公也会这么做。"

　　"不会吧……郑公不是我，也不是你。"

　　管仲眸中带笑。

　　"你不是我，我也不是你。"

　　"哦……确实……"

　　"以防万一，你守在殿下身边。如果殿下有什么意外，为难的可就不只是你我二人了。"

　　"明白，依你所言。"

　　召忽神色严肃地带着几名手下走开了。剩下管仲一人，他把阿枹和阿朱叫到近旁，吩咐道：

"明早郑军一定会出兵来袭。传令下去，让大家趁着还有星光，早用早饭。"

这其实是让大家做好撤退的准备，但他对手下自然不能直说。面对一场注定失败的战役还企图取胜，纯属痴心妄想。现在应该考虑的是，在退败时如何尽量保存实力。

管仲睡着了。梦中，他与梁娃一起走进了一片深林。林中有渊，深不见底，渊底仿佛藏有蛟龙。当管仲险些坠入深渊时，梁娃抓住了他的衣角，哀痛地哭喊着。当管仲意识到这是梦的时候，发觉自己的身体在摇晃，于是伸手把佩剑抓到了身边。

"不要怕，我不是来害你的。"

管仲的耳边轻轻响起了一个仿佛来自地底深处的声音。

"这声音，有些耳熟。"

"你猜——"

"我知道了。"

是周公的属下，巢画。他是来这个与周王室无关的战场上打探消息的？

"郑军之中，炊烟已起。"

"啊——"

管仲一跃而起。对方在提前用早饭，这就意味着，开战在即。

"鲁军和纪军正在距此不足三十里的林中休整。如果他们加紧行军,不到正午便能抵达战场。"

"多谢告之。"

"我这个人天生好心,特地来告诉你这些不用我说你也知道的事。"

"周公对这场战事也很关心吗?"

"辅佐天子的人,但凡天下事,都要关心。"

"嗯……"

管仲起身前,略一思忖。

"五年前,周王从纪国迎娶了一位王后。你的任务是回去禀报王后娘家军队的胜负情况,是或不是?"

"哈哈,是或不是呢……如果只需要禀报胜负,我又何须潜入军营之中。"

"言之有理……"

管仲说的时候,身边的巢画已经不见了人影。管仲凝神思索了一下。巢画之所以会潜入齐军军营中,说明周公想要了解齐军的内情。巢画对郑军的动向以及鲁军和纪军的位置了如指掌,说明这里还有很多周公的手下。也就是说,周公想了解的不单单是齐军的情况。

"王室中出了什么事吗?"管仲心想。

不曾听闻周公卷入什么政治纷争,周桓王依然十分信赖和倚仗周公。从旁观之,王室与周边也并无任何冲突。然而现实是，巢画正奉了周公的密令在暗中四处活动，这里面必定有什么用意是管仲还没想到的。

"来人——"

管仲唤来阿枹和阿朱，这二人此时已经起身。巢画刚刚能够来到管仲身边而没被守在近旁的这二人察觉，可见他果然是一个绝顶出色的细作。

"叫醒众人，天亮之前，郑兵定要来袭。赶快吃早饭，我去禀告殿下。"

管仲说罢便跑了出去。外面，星光尚明。

管仲先去叫醒了召忽。

"郑军的进攻会比我们预想的要早，鲁军和纪军的位置我也知道了。如果鲁纪两军加急夜行，现在可能已经离我们很近了。估计宋卫两军在与郑军交战时，会受到鲁军和纪军的侧面夹击，被斩断退路。郑公善谋略，他一定是安排了鲁纪两军作为伏兵。"

召忽被管仲的话吓了一跳，彻底清醒了过来。

"你是如何得知的？"

"天降征候，大地传讯。"

"休要糊弄我。"

召忽起身，走向公子纠的床榻，登上床边的梯子，呼唤公子纠。公子纠起身，听了召忽所报，惊叫出声，他来到管仲近旁问：

"孤当如何是好？"

"殿下应当速速禀明君上。若不及早起兵，我军必败。"

"好。"

公子纠亲自赶向齐僖公所在的中军大营。僖公一心以为今日没有战事，还在熟睡。僖公营中的护卫唯恐扰了僖公安眠，将公子纠拦了下来。

"若不快快叫醒父君就来不及了！"

公子纠用足以惊醒营中众将士的声音喝退了护卫，一边叫着"父君，大事不妙了"，一边跑了进来。僖公在床榻上睁开了眼睛，难掩心中的不悦，呵斥登着梯子上来的公子纠。

"三更半夜，高声叫嚷，动摇军心。给我退下！"

公子纠向来懂礼数，他为自己适才的所作所为感到羞愧，于是又爬下梯子，等着僖公下来。可是这一等，便有可能贻误了战机。僖公听了公子纠的急报之后，面露难色。

"寡人并未接到任何消息。不可将此不实消息传到宋军和卫军那里，徒生事端。"

僖公的意思是要等前方的斥候回报。公子纠特意奔走这一趟，却并没有能让齐军防患于未然。宋、卫、齐三军已然错失了先机。但令人意外的是，只有燕军早早地进入了迎战状态。

郑军发起进攻的时候天色尚暗，只见旌旗划破暗夜的长空。这绝对是一次夜袭。

敌军一定会大乱——郑厉公如此料定，所以才敢以一军之力迎击四国联军，以少胜多需要谋略和战术。趁着天色尚暗进攻，士兵分不清敌我。宋军最先受到攻击，军中大乱，而这又让卫军和齐军产生了动摇。退败下来的一部分宋军与卫军会合在一处，遭到来自郑军右翼的袭击。齐军也是一上来就陷入了苦战，因看不清作战对手而产生的恐慌很快席卷了全军。然而在稍远处布下阵来的燕军，事先在军阵四周准备了无数的火把，将兵车铺陈开来，形成了一道防护墙，还埋伏下了弓箭手，准备射杀靠上前来的敌兵。暗夜之中，仿佛出现了一座火城。郑厉公远远观之，认为攻打燕军，一定会增加伤亡。

于是他改变了进攻的目标，吩咐待命的游击部队：

"勿攻燕军，转攻齐军！"

黎明将至。等天一亮，对方重整了旗鼓，郑军一定会遭到反击，所以必须在那之前冲破敌营。郑厉公内心焦灼地盯着天空。很快，天色已经亮得足以让他看清身旁近侍的脸了。

"敌方有些难缠啊。"郑厉公心中思索着。

宋军的一部分已经被击溃，但是直到卫军前来支援，混乱才得以缓解。他们现在正在调整阵型，准备反击。这样一来，只有以中坚力量的精兵击破宋军才行。厉公乘上兵车，敲响了鼓。就在此时，一个骑兵来至近前，是先前被派往鲁纪两军处的使者之一。

"报！鲁军马上就要抵达战场。纪军会扼住齐军的退路。"

"好。如此一来，敌军前后左右皆被攻击包围，定会全灭。胜利已是囊中之物，接下来不过是追击残兵败将。冲啊，突击！"

周围的士兵一齐应和着厉公的高声召唤，锐意昂扬，向前突进。

与此同时，齐军正在遭受来自郑军游击部队的侧面痛击，难以摆脱混乱的状态。齐军全阵已经在不知不觉间向后撤退，只有公子纠所领的部队一片镇定，置身于混乱之外。

"要是不想死，就不可以乱了阵脚。敌兵数寡，他们的进攻难以为继。"

管仲代替公子纠指挥着部队。公子纠从旁观之，对共乘兵车的召忽说：

"孤今日才知夷吾竟然长于用兵。"

不久，日头初升。

此时，宋军和卫军得知鲁纪两军正在逼近，军心大乱，以致错失了反击的良机；而齐军因退路被阻丧失了斗志，士兵们纷纷开始各寻退路，全军已然处于崩溃的边缘。负责保护齐僖公的部队也开始败退，后面还有几辆郑军的兵车猛追不舍。

"殿下，我等需上前援助君上。"

管仲高声说道。公子纠点头,抿了抿唇,下令道:

"前进——"

随着公子纠催动兵车,百来名将士一齐动了起来。管仲登上另一辆兵车,带着三十来人向前进发。管仲所乘兵车的车夫是阿朱,武士是阿枹,他们这一队人马径直向着试图活捉齐僖公的郑军兵车进发。郑军兵车之后有数百名步兵相随,齐僖公所乘兵车之后也有护卫的兵车。这时,护卫僖公的一辆兵车上突然落下一人,但他并不是被敌人的箭射落的。只见他落地后迅速起身,抽出剑来。

"那个人是……"管仲见了,马上命兵车驶向那个人所在的方位,打算将挥剑杀敌的人救起来。但此时,郑军的兵车突然逼近。

"交给我。"

管仲一箭击毙了郑军兵车的车夫。阿枹看得瞠目结舌,他从不知自家主人箭术如此了得。

前方也有郑军的兵车。

"阿枹,交给你了。"

管仲所乘兵车与郑军兵车交错时,郑军兵车上的武士跌落了下来。管仲没有回头看一眼,立刻放缓兵车,跳了下来。

"殿下,抓住——"

管仲递出绳索上前解救的贵人不是旁人,正是公子诸儿。公子诸儿愤愤地将折断的宝剑扔在地上,顺着绳索登上了兵车，开口问道：

"你是谁——"

"臣效力于公子纠麾下。请殿下乘此兵车。"

管仲说罢便开始跑。要是被郑军的步兵追上，他就只有死路一条，接下来只有一味逃命。管仲的家臣见状，马上追随其后。即使甩开了后面的郑军，前面还有纪军。

"我如果在这里丢了性命，娃儿会伤心的。"管仲想。

虚空中浮现出妻子的面容，管仲朝着她拼命奔跑。齐军已然全军溃败而走，刚刚抵达战场的鲁军和纪军要做的只是尽情吞噬败军之兵，兴奋得犹如追赶鹿群的猎犬。想必鲁纪二军不曾打过这么轻松的胜仗吧。宋、卫、齐三国联军拼死左突右冲，乱作一团，而燕军却队列整然地向后撤退。燕军最终未伤一兵一卒，从战场上全身而退，回到了燕国。管仲是后来才知道这些的，当时逃命中的他无暇思考。他在遭受纪军猛攻时，心中已然放弃了生还的希望，心想：

吾命休矣……

追随管仲的家臣已经伤亡大半，管仲也跑不动了，还跟在身边的家臣鼓励他说："日落后，追兵就会停下来的。"

但是离日落还有好长一段时间。管仲蹒跚着向前，口中喃喃自语：

"我比不上太公望。"

突然，左方出现了兵车。如果此时遭到攻击，管仲一行人是片刻也撑不住的。周围没有可以暂时躲避的树丛，于是几名家臣把管仲护在当中，举起长矛准备防御。但是他们发现那兵车上竖着的却是齐军的军旗。兵车上的将领似乎也确认了下面一众人等并不是敌兵，出声招呼道：

"我等同行为好。"

意思是让管仲他们在后面跟着。这对管仲一行人来说，可谓溺水遇浮舟，久旱逢甘露。等他们回过神来，才注意到兵车之后大概还有五十来个齐兵。

管仲默默地走着。突然，兵车上传来一个惊讶的声音：

"是管仲先生吗？"

管仲抬起头。

"贝佚大人……"

管仲并不知道鲍叔的管家也随军出征了。公子小白因为年龄尚幼不能出征，所以由贝佚率领了鲍叔家的私兵前来参战。

贝佚让武士下去换管仲上来，满是讶异地问：

"先生不是应该待在公子纠的近旁吗——"

"我是为了救另一位公子，才落得如此。"

"原来如此。"

贝佚向后面的士兵示意出发。虽然距离临淄还很远，但管仲总算是被贝佚救下了一命。

齐军、宋军、卫军、燕军大败——《春秋》中是这样记载的。这是一场大败,一场惨败。

齐僖公逃回临淄,吊唁过战死的将士之后,悄悄地将公子诸儿和公子纠叫到近前。

"幸有二子护卫寡人奋战。"

僖公对两位公子加以称赞。此战未能取胜,大张旗鼓地称赞战败之人恐有不妥,故而僖公并未在人前说。两位公子自豪地接受了褒奖,退出殿外。这时,公子诸儿叫住了公子纠。

"我被你的臣下所救,请受我一礼。"

公子诸儿罕见地表现出恭谨的态度。公子纠一直听说公子诸儿为人粗暴,好恶偏激,所以一直对这个同父异母的兄长并不亲近。这突如其来的诚恳让公子纠吃了一惊。让他吃惊的事还不止这一件。

"啊,我的臣下——"

"你不知道吗?救我的是一个叫管仲的人。稍后我会命人送上谢礼。"

公子纠听了,回到宅中,马上向管仲求证,得知确有此事后,似乎松了一口气,感慨道:

"多亏夷吾,兄长似乎对我生出了些许的好感。"

"这实属大喜之事。诸儿殿下执念深重,一旦恨上了谁,就至死也不会原谅。如果他对公子抱有好感,就一定会一直善待公子。"

"当时夷吾的兵车不见了,是去救兄长之故吧……"

"臣本应竭力保护主君,却在关键时刻脱离了部队,不值得褒奖。作为管家,臣失职了。"

"夷吾休要胡言。事父事兄是为至孝,此次一举两得。战败而未败德,反提高了德望,全是夷吾教导有方。我也要感谢你。"

公子纠的话让管仲感动不已。理想的君臣关系应当如汤王与伊尹、文王与太公望那样。但那是伟人之间奇迹一般的组合,数百年才能有一回,是常人无法企及的高度。经此一役,公子纠在战场上于生死之间奔走了一遭,竟突然展现出了为君者的气度,管仲见了心中暗喜:这是一位值得辅佐的主君。

他因为自己是公子纠身边重臣而感到自豪。

翌日,公子诸儿送来了很多谢礼。管仲碰都没碰,叫来檽垣吩咐道:

"将这些都送到贝佚大人那里去。"

齐国的风雨接连不断。

是年,负责齐国外交的夷仲年亡故了。

齐僖公与夷仲年是同胞兄弟,二人一直关系要好。僖公失去了这位最疼爱的弟弟,难掩悲伤,葬礼过后,突然现出老态。此时僖公做出的决定是：

"立诸儿为太子。"

并让夷仲年之子公孙无知享有与太子相当的待遇。在群臣看来，僖公的意图显然是准备在太子诸儿出现什么闪失时，立公孙无知为君。

"此举不妥。这无异于国中有两位太子，是内乱之源。"

召忽有意无意地批判了僖公的做法，他应该是对僖公没有表示出要将齐国公室交由几位公子继承而心怀怨恨。

僖公内心深处恐怕是想让夷仲年继承自己的君位，之所以在夷仲年去世前一直不明确后继人选，应该就是这个原因。虽然现在弟弟不在了，也不能让弟弟的孩子继位。如果僖公宣布立公孙无知为太子，不仅公子诸儿，群臣也会有异议。所以不得不说，僖公是在公室内外不出波澜的前提下，一定程度上达成了自己的心愿。然而，管仲认为这埋下了祸根。

公孙无知如今二十五岁上下，传闻他为人骄奢，人品不佳。想来也是如此，如果公孙无知为人谦和，就应当主动辞去僖公给他的破格待遇。理所当然地接受位同太子的待遇，这已经是狂悖了。

"我猜君上辞世后，太子一定会与公孙相争，你觉得呢？"

召忽询问管仲的意见。

"定会如此。"

"到那时，殿下该如何是好呢？"

"被太子拉拢也不可以做出回应——如果扛不住，就得不到国人的拥戴。"

若说风评不佳，公子诸儿也是一样。太子的未来有太多的不稳定因素，公子纠不应该与这样一个不可能施德政的太子为伍。

"我觉得太子会让殿下做大臣……"

"那也应当力辞。殿下如果成了大臣，就再也无缘君位了，不是吗？"

"我明白了。"

召忽也想拥立公子纠为君主。如果公子纠成了大臣，国人会认为他被降为臣籍，被排除在公室后继者人选之外。召忽认为，怎么看都没有比公子纠更适合做齐国国君的人了。现在就只有坚信公子纠成为君主的良机必将到来，耐心地等待。

翌年，郑国与鲁国越发亲厚。

宋庄公对此表示担忧，不断派使者来齐国商议。其实，宋庄公是想向郑国复仇，而此事离不开齐国和卫国的后援。也许是因为此时僖公气力不继，没能回应宋庄公的锐意，一直表现得十分消极。到了秋天，僖公开始卧床不起。如果国君无法听政，政务就会迟滞。

"不如，请太子摄政吧。"

大臣之中出现了这样的声音。不久后，太子诸儿便坐上了听政之位。太子诸儿身上还有着年轻人的冲动，而且素来尚武，他直接回复宋国的使者说：

"如果宋国举兵攻打郑国，齐国必定一同参战。"

这让大臣们很是苦恼。

听政者不应该直接做出裁决，而应当在朝堂上听取群臣的意见之后，判断是非，对的应允，不对的则要再行商议。可太子诸儿完全没有问大臣的意见，就答应了宋国使者出兵。

太子诸儿难以忘记自己作为质子在郑国生活时所受到的虐待，他曾叫喊着要灭了郑国，郑国是他最憎恨的敌人。即使宋国不来相邀，他也会忍不住亲自率兵攻打郑国。在这件事上，他不想听大臣们说三道四。

他想，反正是要打郑国的，所以没问大臣们的意见。

"父亲卧病在床，为人子者当侍奉饮食，从旁照顾，可太子却要兴兵出征。如此不孝不敬之人，岂能有德？"

大夫之中出现了这样的声音。

不过，太子诸儿仿佛听不到这些批评，冬天一到，他便下令出兵，似乎全然忘了父亲的病状，意气风发地乘上了兵车。管仲和召忽随公子纠出征，公孙无知也在军中。

"留在临淄的只有公子小白了。"

召忽对此表示担心。军中似乎也见不到鲍叔和贝佚的身影。

齐军一路向西。在这支军队班师回朝之前，僖公辞世了。

两份遗言

这是一场复仇之战。

联军的主力是宋、齐、卫三军,此外,蔡军和陈军也参加了进来,而燕军没有参战。

集结联军之前,这五国先举行了一次会盟。出席的都是各国的宰相或太子,各国国君都没有来。当时宋国的宰相是华父督,这个人性格乖张,但在战场上很靠得住。在性格乖张这一点上,太子诸儿与他不相上下。

"宋相说,'不破郑都城门誓不归',说得好!"

太子诸儿的心情一直很好。

这支联军的斗志绝不是骗人的。郑厉公认为,敌方是五国大军,野外作战对自己不利,所以决定守城抵抗。郑国都城依傍洧水与黄河的交汇处而建,地形有利,来自东、西、南三面的敌人都会被河道阻拦下来,所以郑军防守的重点在北边。于是,厉公下令加高加固北边的城墙。攻到郑都的敌军无法形成包抄之势,只能从北边推进,而从单一方向进攻的话,他们就发挥不出人数的优势了。因此,守在郑都里面的人不管面对数量多庞大的敌军都无须害怕。

反正他们久攻不下,最后就只得离开——上至郑厉公,下至郑都中的士卒，大家都是这样认为的。

华父督行军至可以远远望见郑都的位置后，再次召集众人商议。

"从北边进攻的做法非常愚蠢，切不可取。"

华父督提醒众将领不可以从北边进攻，他提议从东边城门突破。如果从北边绕到东边发起进攻，就不需要乘船。比起南门和西门，东门与河川之间的空间要相对开阔一点。虽说如此，攻打东门的话，为数众多的士兵还是要挤在狭小的空间中。如果这时城上投下石块，死伤必定惨重；如果城上有士兵下来突袭，他们只能背水而战，可能会全军覆灭。然而即便如此，要想攻入郑都城，也只有从东门寻求突破。

"我军请为先锋。"

华父督请令。这就意味着，宋军要冒着全军覆灭的风险出兵。

"将军直入绝境，此等刚勇，一定会为后世传颂，齐军愿随其后。既以重兵压境，岂有待阵不动之理。至于卫、蔡、陈三国将军，不如向东，取下牛首之邑，如何？"

太子诸儿语气十分傲慢。

其余三国将领听了，瞬间怒上心头。跟在宋齐二军之后旁观也是无趣，于是，三国将领稍事商议之后，强硬地表态：

"我等愿取下牛首，献于宋国。"

牛首位于郑国东郊，是郑国东边国境上的一个县，越过那里便是宋国地界。所以这里是郑宋两国长年相争不下的地方，此后的纷争也一直没有停歇。

"好，就依将军所言。"

太子诸儿的计划是，一旦宋军败退，自己便率领齐军发起总攻，于是他紧紧地跟在宋军后面。华父督看到他这阵仗，自是不甘示弱，决定亲率先锋，并扬言道：

"就算以臣的尸体为肉盾，也要破开郑都城门。"

他语出惊人，鼓舞了全军。

管仲从后方瞧着宋军的阵势，对身旁的召忽说：

"郑国与鲁国的同盟日渐稳固，又与曹国结了盟，可是郑国却不敢在城外迎敌。郑公是小瞧敌人，还是有什么不能离开国都的理由呢？"

召忽眼中闪现了一丝惊讶。

"听闻郑公为人傲岸，我认为，傲慢的人往往目中无人，所以他才闭城不出，但是管兄的高见似乎与我不同。原来如此……如果能再次击退宋、卫、齐三国联军，郑公便可称霸，但是他放弃了这个机会。"

"郑公善谋略，不是能成大器的征兆。一般来说，一个人偏爱的东西会成为他的毒药，惯常做的事也会暗藏凶兆。周成王奠定了周王朝的基业，尚且始终战战兢兢地执政；商汤建立商王朝后曾说，'天道福善而祸淫''尚克时忱，乃亦有终'。谋略与法度不同，法度忱诚，而谋略不然。所以，郑公恐怕难有善终。"

"我有同感。除郑公之外，管兄的这番良言也同样适用于另一个人。"

召忽语带尖刻，但管仲装作没听见。

宋军开始攻城了。

宋军的攻势异常凶猛。

可以说，宋军兵士是用一腔锐气攻破了郑都的城门。关于这次的攻城战，《春秋左传》中只记载了寥寥数语。

焚渠门，入，及大逵。伐东郊，取牛首。

宋军速攻得胜，烧毁了东门之一的渠门，攻入城内，直至城中大路。然后又毁了郑国的宗庙，将其宗庙中的椽子作为战利品带回去，充作宋国都城南门之一卢门的椽子。宋军还在凯旋的途中攻下了牛首，但那不是宋军一军所为。

"宋军真让人刮目相看！"

太子诸儿见到宋军大胜，自家的齐军又毫发无伤，非常满意，觉得这一仗就此结束，便踏上了归程。一度在战场上沸腾起来的热血让他久久难以平静。但是，在回到临淄之前，太子诸儿接到了让他大惊失色的讣告。

"丁巳之日，君上薨殁。"

丁巳是指这一年的十二月二日。

太子诸儿紧咬着嘴唇，沉默地起身，他想带少量的随从先行赶回临淄。来送信的使臣见状，忙说：

"恕臣逾矩——"

使臣上前对太子诸儿耳语了几句。有传闻说，僖公临终时身边只有公子小白在侧，也只有公子小白听到了僖公的遗言。据说小白已经下令紧闭临淄所有城门，拒绝太子入城，想要自立为君。使臣担心太子只带这些人手赶往临淄会有不妥，故而进言。

"小白那竖子小儿，竟有此等狡猾行径……"

太子诸儿怒眉倒竖，重新坐了下来。他叫来公孙无知和公子纠等人，告诉他们僖公薨殁的消息。

"有不好的传闻。不用急，照常领兵往回走。如果临淄的城门紧闭，便以此军攻之。可有异议？"

他用锐利的眼神看向一众将领。

风云突变，公子纠被吓了一跳。他将僖公亡故的消息告诉了召忽与管仲，然后问道：

"小白的太傅不是鲍叔牙吗？那个人竟然是一个阴谋家？"

这个问题不得不由管仲来回答。

"臣以为其中必有谣传。照这样下去，公子小白会被太子诛杀。臣会立刻派密使去鲍叔牙那边，但这件事还请殿下和召忽大人当作不知情——"

公子纠派使臣去公子小白那边，只会白白让太子诸儿起疑，所以此时管仲以个人名义派使者劝说友人为妥。管仲很快写好了书信，交给阿朱，并叮嘱说：

"你把这个交给鲍叔的时候告诉他，尽量让公子小白出城迎接太子。"

"臣领命。"

这天夜里，阿朱牵马出了军营，等到黎明时分，他开始驱马赶往临淄。但在日出后不久，他便发现前方来了两辆马车。马车中的不是旁人，正是鲍叔。阿朱为人聪敏，一下子就明白了鲍叔为什么会在此时向西急行而来，于是放下心来，并在心底发出感叹：鲍氏实在是一位好太傅。

鲍叔没来得及下车，赶忙先看了管仲的书信，听阿朱转达了管仲的话，他吩咐道：

"阿荑，速去回禀殿下。"

鲍叔的家臣阿荑带着一乘马车掉转方向，回去送信了。而后，鲍叔慰劳了阿朱。阿朱见鲍叔神色不改，不禁佩服——这是个将相之才。阿朱按照管仲的吩咐，为了不让旁人察觉他与鲍叔有过接触，便没有回军营，而是直接赶往了临淄。

鲍叔亲手焚毁了管仲的书信，对车夫阿僄说：

"此乃危急存亡之秋。是白纱建议我以公子太傅的身份，亲自向太子报告僖公的讣告，贝佚的这位夫人审时度势，实在是机敏。"

他说完，微微一笑。

正所谓当局者迷，当事人往往只能看到一部分真相。齐僖公自知大限将至，把留守临淄的公子小白叫到近前，又叫来了当时位居正卿的高傒，声音低哑地说：

"小白的生母不在了，背后没有依靠，还望爱卿扶持小白。"

然后又叮嘱小白：

"你要好好侍奉兄长，忠勤励勉，不可罔顾卿臣之言。"

僖公的遗言就只有这些，并没有什么不妥之处。公子小白从僖公的病室中出来之后，鲍叔便从他口中得知了僖公的遗言，带着满面的沉痛出了宫门，向与他一起退出宫门的高傒行了一礼，回家了。他用低沉的声音对管家贝佚说：

"君上可能快不行了。"

并把遗言的事也告诉了他。

齐僖公薨殁当日，鲍叔马上面谒高傒，询问了殡葬事宜。他问高傒，目前作为丧主的太子不在国中，葬礼一应事宜是否应该由公子小白代为主持。

"不，这些还是我来吧。"

高傒答道。君主亡故，太子的丧期是二十五个月，在此期间，由宰相代行政事。公子小白只需要服丧，一切事务都交给高傒便好。

"那么，万事有劳大人了。"

鲍叔回去之后，派人暗中仔细观察公孙无知的手下有没有异动。这很符合鲍叔行事谨慎、不出纰漏的作风。

如此便万无一失，就只等太子回来了。

当鲍叔觉得总算可以放下心来的时候，白纱正好在檽叔夫人房中。下人通报说，白纱请求面谒鲍叔，白纱还说：

"妾身深知此举逾矩，但还望主人能听妾身一言。"

"无妨，让她进来吧。"

檽叔去年冬天诞下一子，而白纱今年夏天刚刚生产。虽然白纱已经不在檽叔身旁伺候，但仍然会时常过来陪檽叔闲话家常。鲍叔许久没见白纱，见她容颜不改，不禁赞道：

"听闻妇人产子难免有损容貌，白纱你却能两全，小心我家夫人忌妒你啊。"

"妾身惶恐。"

白纱笑着问鲍叔是不是马上要动身出发了。这一问让鲍叔非常意外。

"出发……我要去哪里？"

"自然是去见太子。"

鲍叔眉头紧锁，他猜不透白纱的言下之意。白纱似乎是为了给鲍叔一些时间思考，并没有马上接着讲下去，而是盯着一脸疑惑的鲍叔。

"你的话让人费解。"

见鲍叔有些急躁了,白纱于是开口道:

"妾身听闻,先君遗言,嘱托正卿高氏辅佐公子小白殿下成就大业。"

"这传闻略有失实……"

"无论哪个国家的君主,在临终时都会担心太子的前途,会嘱托正卿辅佐太子,不是吗?"

"确实如此。"

"然而先君对太子只字未提,只垂怜了公子小白殿下。这就像是在说,先君希望公子小白殿下继承君位。"

"白纱慎言。也许先君先前已经将太子托付于高氏亦未可知。"

鲍叔终于明白了白纱的意思。

"妾身想说的不是事实究竟如何,而是先君宫中的诸位近侍会如何看待先君的遗言,又会如何向太子通报。如果前去通报太子的使臣对公子小白殿下心怀敌意,又或是与公孙无知私下相通,又会怎么样?太子殿下本就生性多疑……"

白纱的话还没说完,鲍叔便站了起来。

"人只有一双眼睛,目之所及有限。我今天才真的明白了这个道理!"

鲍叔命阿僄准备马车,匆匆忙忙地出门,赶在城门关闭前一刻出了城。鲍叔读罢管仲的书信,浑身直冒冷汗,他深谢了管仲对自己的情谊。等到了太子面前,鲍叔有自信可以解释清楚。

事实上，当天，鲍叔便发现了前方赶来的齐军，他请求面谒太子。作为公子小白的代理人，鲍叔详述了僖公临终时的情形，并禀明太子，公子小白为了迎接太子还朝，已经到城外近郊了。

太子诸儿用怀疑的目光看向鲍叔，刺探地问：

"先君的遗言，小白不曾听到吗？"

"自古以来，君主的遗言都是说与辅政大臣的。周成王驾崩时，命召公与毕公辅佐康王，即使成王曾对康王说过什么，也不过是训诫，所说的内容不会为群臣所知。所以，臣以为，先君交代给国相高氏与国氏的话才可称为遗言，至于先君对公子小白说过什么，太子殿下完全无须挂怀。因为国氏随军出征，所以知晓先君遗言内容的只有高氏一人。"

鲍叔的辩解中没有一丝可疑之处，全然发自肺腑，铿锵有力，直击人心。

如此说来，的确是这样——当太子诸儿开始这样想的时候，悬在公子小白头上的危险便不在了。

公子小白接到鲍叔的急报，十分惊愕。

"竟然说我要谋逆——"

公子小白迎着凄厉的寒风，赶到都城近郊迎接太子。太子诸儿见了公子小白，不发一语，表现出十足的鄙夷，从旁而过。公子小白在鲍叔的陪同下回到宅中，满脸抑郁之色，哀叹道：

"我被兄长嫌恶至此，莫说侍奉，我怕是要被贬斥了吧。"

"殿下，过虑伤身。今后两年多的时间里，将由国高二卿执政，新君服丧。殿下只要在家中静肃，应该就不会有祸事。"

鲍叔劝慰道。高傒行事不会不利于公子小白，虽说如此，太子诸儿的敌视也不可小觑。

这个人的怨恨和猜疑，至死方休。

此后的两年多，对公子小白来说算是平稳期，可新君开始听政后又会如何，现在难以预料。

从公子的宅邸出来后，为了表示感谢，鲍叔前去拜见了管仲。

太子诸儿回到临淄已经是转年。他很快即位，史称"齐襄公"。登上君位后，他马上贬斥了曾与自己同格的公孙无知，公孙无知默默地接受了旨意。在管仲看来，公孙这么老实，反而可怕。

不过，日子一天天过去，公孙无知并未表现出任何异常，一直保持着静默。

在夏天快要过去的时候，鲍叔慌慌忙忙地来找管仲，面带喜悦地说：

"郑国政变了。"

管仲闻言,点了点头,说:

"祭仲会把现在的郑公驱逐出去,迎回亡命在外的前代君主吧。"

看到鲍叔那一脸喜色,管仲料想定是如此。

"不错,正如先生所料。"

郑厉公忌惮祭仲的势力,居然设计暗杀祭仲,还命祭仲的女婿雍纠执行,但雍纠的妻子雍姬悄悄地将此事告诉了自己的父亲。祭仲大怒,杀了雍纠,还将尸首展示在厉公看得到的地方。厉公得知计划败露,又受到祭仲无声的恫吓,赶忙替雍纠收了尸,放到马车上,直接逃出了郑都。他先向南奔走了一段,而后逃往了蔡国。祭仲顺势提出:

"君主之位无人继承,我等群臣无首。"

之后,祭仲不疾不徐地派人接回了郑昭公。祭仲只杀了一人,便让郑国易了主。

"愉快至极!"

对敬爱郑昭公的鲍叔来说,郑国的政变自然是一件令人畅快的幸事。不过昭公做太子的时候,管仲在郑国不曾被厚待,所以他并没有像鲍叔那样惊喜,只是平静地说:

"如此一来,宋鲁两国的外交必将生变。"

卫国拥戴郑昭公,昭公回郑国复位之后自然会与卫国修复邦交。也就是说,郑国会加入卫国与齐国的同盟。宋国对郑国怀恨在心，对郑昭公也未必有好感，即使郑国易主，宋郑两国的关系也不可能在短时间内得到修复；而鲁国的处境尤为尴尬。鲁国自知为郑昭公所恶，不得不舍弃与郑国的盟约，陷入孤立。

"宋国尚有活路，鲁国却会陷入外交困境。如果先生是鲁国的执政者，该当如何？"

这种时候，听一听管仲的预判可以说是鲍叔的一大乐事，因为他可以从中借鉴管仲的智慧。

"鲁国向来标榜大义名分。不论真相是什么，从表面来看，郑国政变的结果是臣子将君主驱逐了出去，这不符合大义名分。所以，为了让亡命在外的郑厉公回到郑国，鲁国一定会说服其他诸侯，借他们之力助厉公复位。"

"此举实在是狡猾。"

"鲁国就是这样的国家。另外，鲁国会与齐国接触，鲁国与齐国的关系并非完全不可修复。"

"狡猾，狡猾至极——"

"不论外界如何评说，鲁国都会这样做，因为如若不然，就只有死路一条。如今鲁国的执政者是臧孙氏，此人虽非豺狼，却也算是只狐狸。"

管仲并不是对鲁国有偏见。鲁国确实从不曾显露出可以成为东方盟主国的霸气，一直甘于从属的地位，随世事发展而摇摆。这种表面上标榜大义名分的国家，不可能与齐国建立真正的友谊。齐国国民也正是因为清楚这一点，才对鲁国公主所生的公子纠不如卫国公主所生的公子小白爱戴。

"希望不要有朝一日，我与鲍叔相争起来。"

管仲心底默默地祈祷着。他不想与人以武力相争，他希望以德行较量，因为只有这种形式的争斗不会让人心中遗恨。

不久后，鲁桓公与齐襄公会面。这表明鲁国在外交上并没有畏缩不前。

十一月，鲁、宋、卫、陈四国举行会盟，决议攻打郑国，以助郑厉公回郑国复位。卫惠公对此一役兴致寥寥，鲁桓公没有统领众人的威信，所以整场进攻士气全无，草草收场。

东方缺少一位真正的领袖。

翌年，齐国还处于国丧期。

东方诸侯再次举行会盟，商议攻打郑国。鲁、宋、卫、陈、蔡五国联军于四月至六月，整军列阵，进攻郑国。然而这次依然没有取得什么战果，参战各国于七月各自撤兵而返。

然而四个月之后，卫惠公突然逃至齐国。

卫国有两位重臣，右公子职和左公子泄。这二人对卫惠公及惠公之父卫宣公心怀旧怨，终于起兵反叛，卫惠公好不容易逃出了卫国，投奔到自己生母的母国齐国。据说，左、右公子驱赶了卫惠公之后，即拥立公子黔牟为君主。

召忽得知此事后，面带喜色地说：

"听闻公子小白的生母是卫宣公之女。"

卫宣公、卫惠公相继成为卫国公室之主，是公子小白强有力的后盾。如今，卫惠公被赶下君位，公子小白的后援也就成了泡影。齐国如果庇护卫惠公，就与卫国形成了敌对关系。

"公子小白的不幸，对我们殿下来说真的是好消息吗？"

管仲表现出一些疑虑。

"虽然这事不能高声谈论，但事实就是如此。这是我们殿下有德，你不这么认为吗？"

"是德吗？原来如此……"

管仲笑着说，但其实他心中另有所虑。齐襄公已过而立之年，膝下却还没有子嗣。据说襄公虽然体格健硕，精力旺盛，却仅有几房妾室。按理说，襄公即位之后应当从别国迎娶公室之女为正室，但襄公对婚事并不关心，据说还严命左右：

"不可再提此事。"

这不得不让人心生疑窦：难道襄公不想要子嗣？

管仲预感，襄公恐怕难有嫡子。如果是这样，那么襄公的后继者就是襄公的弟弟。召忽提到"德"的时候，管仲脑中闪现的正是此事。襄公没有对公子纠表现出厌烦，若此后没有其他事端，君主之位应该是公子纠的。

必须长寿——公子纠需要面对的问题，就只有这一个了。

"你觉得君上明年会进攻卫国吗？"

"难说。攻打卫国需要诸侯国的合意，恐怕不会像攻打郑国那么容易。"

来年春天，襄公出了丧期，恐怕不会为了帮助卫惠公复位而突然对卫国大兴兵马。其实管仲真实的想法是，襄公的想法尚不明了，需要待其亲政之后才能做出判断。

说到子嗣，梁娃给管仲生了一个儿子，住在温县的梁庚为了看外孙，千里迢迢来到了临淄。

"好得很，好得很！"

梁庚对女儿梁娃大加夸赞，在管仲家住了两日。傍晚，只剩梁庚与管仲两个人时，梁庚收起了笑容，一脸严肃地说：

"王室可能要出事。"

去年三月周桓王驾崩，太子即位，史称周庄王。从旁观之，王室之中似乎没有任何问题。但是消息灵通的梁庚已经得知，王室起了内乱。传闻说，周桓王故亡之前，曾向肩负周王室大小事宜的周公黑肩下达内命：

拥立克儿。

"克儿"是周桓王之子、周庄王的弟弟，王室以外的人都称他为"子仪"。虽然这位子仪殿下深受桓王宠爱，但他不是太子，无法继承王位。如果桓王真心想让子仪继承王位，就应该在生前废了太子，改立子仪。然而他没有这样做，却想让周公拥立子仪，那么他留下的这个遗命其实是在说：

"在我死后，杀了太子。"

如果周公践行桓王遗命，就必须驱逐或者杀了太子。但是，桓王去世时，周公并没有对太子采取什么强硬措施。子仪也听到了桓王的遗言，所以对承认周庄王即位的周公怒目相视，诘问道：

"先王之命，何故不遵？"

周公虽然心中多有不愿，但其实已经在着手准备，让子仪在庄王服丧结束、开始亲政之前取而代之。

"虽然还看不见火苗，但是已经冒烟了。"

梁庚说道。

"周公会举兵吗？"

"现在看来，暗杀恐怕是行不通的，那就不得不动武。周公应该已经向各诸侯国派了密使……"

"啊——"

突然，管仲的脑海中浮现出巢画的身影。

"你是想到了什么吗？"

"燕国可能会在暗中支持子仪和周公。"

管仲想起了之前那一战。管仲在那场败战中九死一生，唯有燕军得以全身而退。周公一定是在那个时候就已经与燕国公室达成了合意。尽人皆知，周公与鲁国公室颇有渊源，而齐国公室与召公的交情更深,但为了子仪,周公也打算向齐国求助吧?诸侯国介入王室内务会伤及自身,应当保持谨慎的态度。

"燕国不过是个小国。周公想要的是大国助力。"

从语气来看,梁庚似乎颇为同情周公的处境。但是,富商从不参政,而是利用政治。梁庚必然也是这样。

临淄降下了一场冷得像冰的冻雨,接下来两日寒风凛冽。连续四五日的阴霾之后,天空中好不容易才又见阳光。春天要来了。

马上就到正月了。

"终于,君上要开始亲政了。"

管仲为公子纠祈祷,祝愿这是一个美好的新年。与此同时,鲁桓公的使臣来到齐国,想要从中调停,让齐国和纪国讲和。

"好啊。"

襄公的这一声允诺,意味着他亲政的开始。纪国与齐国都是姜姓之国,纪国国都距临淄不过九十里,步行三日就能到。在这么近的位置上就是其他国家的都城,对齐国来说很不舒服。坦率来讲,如果不灭掉纪国,齐国就无法向东拓展。要是纪国愿意臣服于齐国,那自然没有任何问题,可是纪国想与齐国分庭抗礼,一直与齐国以武力相抗。从纪国的角度来看,即使被齐国威胁说"给我让开!",也不可能迁都到其他地方，因为这有伤国家的体面。所以，纪国想借鲁国之力与齐国讲和；而襄公是打算灭掉纪国的。

"姑且先放他一马。"襄公想。他眼下关心的是另一件事。

杀意之宴

周庄王二年（公元前695年），齐襄公亲政。

襄公想要复仇。

他想要报复的对象是郑国。当年襄公作为质子，不得不在郑国隐忍求生，经历过一段暗无天日的生活。除此之外，他心中的怨恨还有一桩：鲁公夺走了我的心爱之人，罪无可恕！

襄公的心爱之人是他的妹妹文姜。在他眼中，世上只有文姜一个女子，其他女子都不过是过眼云烟。襄公全心全意地爱着文姜，文姜也同样全心全意地回应着他。

"然而……"每思及此，襄公便怒不可遏，想把手边之物都砸个粉碎。

居然有别的男人紧拥着文姜洁白的身躯，还让她生下了子嗣。襄公仿佛能看到文姜因为太过痛苦而面容扭曲、淌下泪水，他心中悲痛不已。鲁国人岂能懂得文姜的好？只有他才把文姜爱到了骨子里，文姜也绝不会甘愿苟活在虚情假意之中，她一定在心底盼望着回到齐国。

"我要把妹妹抢回来。"

比起国事，襄公更优先考虑自己的儿女私情。

正月丙辰之日（十三日），齐襄公来到一处名为"黄"的地方，与鲁公和纪公会面，缔结了盟约，齐国就此与纪国讲和。但是，襄公在内心哂笑：

"这种盟约，一年就作不得数了。"

对齐襄公来说，重要的并不是会盟，而是邀请鲁桓公的夫人也就是文姜前来齐国。但是，除极特殊情况外，一国之君的夫人是不能单独前往其他国家的。

"只能邀请他们夫妇二人一起了。"

襄公虽然一点也不想见那个面目可憎的鲁桓公，但此时他不得不装出笑脸，热情相邀。

"齐公不正因卫国之事忙碌吗？"

鲁桓公问道。

"送卫公归国实属难事，只有静待时机了。卫国如今君臣和睦，此时攻打卫国只会适得其反，使其内部更加团结一致，于我等无益。如此这般，难道还要攻打卫国吗？"

总之，齐襄公现在对卫国的事并不上心。襄公很想说，我想打的是郑国和你们鲁国，但是他自然不能这样说，只好虚言敷衍，表现出一副自己刚刚亲政，想要专心于本国内务的样子。

"原来如此，且让卫国苟安一时。静待他们衰败，的确是上策。我鲁国也不是非要打卫国不可，只不过如果齐国要出兵，鲁国定助一臂之力。"

"不胜惶恐。数年之内，必会出兵。"

齐襄公没有说"届时还望多多相助"之类的话，因为他心道：数年之内我要出兵攻打鲁国，取你性命。

"不要让这种人进你的闺房！"

齐襄公想对身在鲁国都城曲阜的文姜这样大喊。眼前的鲁桓公让他心中无限苦闷。

襄公回到临淄后，把逃到齐国的卫惠公叫至近前，对他说：

"对于攻打卫国一事，鲁公并不上心，寡人与鲁公的会谈无果。"

卫惠公十分失望，他对鲁桓公颇有怨言。

"感谢齐公的厚意，鲁公何其薄情寡义！"

"鲁国本来就不是一个值得信赖的国家，何况鲁国国君如此狡黠，不可与之相交。这次的会盟也没什么意义，鲁国不久就会毁约。"

但是，这一年夏天，正是持如此论调的襄公，出兵来犯鲁国边境。鲁国边境守卫一面与突然来袭的齐军战斗，一面派人急赴曲阜禀告鲁桓公，请求示下。桓公听了勃然大怒：

"边防本就是为了固守国土，防备意外，如果有事，速速应战，何须一一请示！"

通报消息的人回去之后，桓公心想：齐公何其无信！

他越想越气，忍不住对着文姜指责襄公的不是。文姜听了，秀眉高挑，态度强硬地说：

"臣妾的兄长是一个良善之人，从不曾有过欺瞒之行。齐军来犯鲁国边境，当真是奉了臣妾兄长之命吗？鲁国的戍卫就没有过失吗？"

听文姜这么一说，桓公想起正月会盟时齐襄公的真诚恳切，并不像是心怀不轨、可以面不改色地撕毁盟约的人。

"如此说来，或许不该对边境的战事妄加揣测。"

于是，桓公收敛了怒气，重新思考。鲁国边境戍卫汇报说，齐军率先进攻，我方被迫应战，但齐国那边可能接到了完全相反的报告。

"臣妾原本对这次齐国之行非常期待的……"

文姜眼中含泪。

"若真的是彼此有什么误会，为了消除误会，我们也要去一趟齐国。"

桓公温柔地安慰着文姜。但是，齐国之行不能马上成行。正如纪国之于齐国，鲁国旁边也有一个小国——郕国。郕国的都城距曲阜四十余里，徒步前往也只需一天半的时间。对鲁国来说，这个国家非常棘手。其实鲁公在这一年正月见过齐襄公之后，二月与郕国也举行了会盟。当时，桓公的心思与齐襄公之于纪国的并无二致。从本心来说，鲁公想要收郕国为属国。郕国子民是古代贤王五帝之一颛顼高阳氏的后裔，独立的心志非常坚定，不会轻易向大国低头；而郕国与宋国之间好像有些嫌隙，宋公对郑国颇有不满。不久前，宋公刚刚向鲁国递来文书，文中说：是秋，攻郑。

据宋国使臣说，攻打郑国的不止宋国，卫国也会参战。要是鲁桓公身上能有些霸气的话，就应该在这个时候毅然决然地表示，鲁国与郑国是盟国，鲁国愿意迎战宋卫联军。不然，他与齐襄公约定攻打卫国以协助亡命齐国的卫公归国的盟约便没有了意义。但是，鲁桓公却回答说：

"届时请与宋公一见。"

也就是说，鲁国要加入宋卫联军一方。此言一出，桓公便背弃了分别与郑国和齐国订立的两个盟约，外交立场不坚定，毫无风骨可言。文姜看着这样的丈夫，心中感叹：这个人没有半分男子气概。

他在指责齐公背信弃义之前，难道不应该先反省一下自己的无信无义吗？文姜自幼在父兄身边长大，从未见过像鲁桓公这般犹豫不决、举棋不定的男人，她因为这样的男人是自己的丈夫而深感羞耻。而且鲁国这个国家也是无聊至极，坦白来说，这个国家只有表面上的整肃，满朝大臣全无赤子之心。从官员到百姓，所有人都忌讳华美之物，害怕出风头。一言以蔽之：鲁国之中无美可言。

对文姜这般心性活泼的人来说，这样的地方只会让她心生厌恶。

"我想回齐国。"

她心底的声音沸沸不能止。文姜育有一子，已经十二岁了，是鲁公的嫡子，这一年的秋天就要举行成人礼。也许因为这个孩子并没有养在文姜身边，所以她对这个儿子没什么感情。文姜的身体发肤仿佛都在诉说着，自己并不想给鲁桓公生儿育女。

这一天之后，文姜一直心绪不佳，不仅在她身边服侍的人十分不解，就连鲁桓公也是困惑不已。

入秋之后，鲁国与宋卫两国一起攻打郱国。

齐襄公得知此事后，不悦之情溢于言表，他跟左右的人发牢骚：

"简直不可理喻。"

鲁国一面与以武力将国君驱逐出国的卫国交好，一面标榜正义，这不是狡诈是什么？鲁国的事姑且不论，鲁、宋、卫三国已然形成了一股势力，这个事实不容小觑。

"鲁公欺人太甚！"

事到如今，齐国如果不愿意与郑国结盟，就只能努力富国强兵，形成威慑东方各诸侯国的势力。齐襄公是一个不会轻易放下仇怨的人，所以他开始在齐国发泄自己的怨气。公孙无知和公子小白的处境每况愈下，他们二人几乎被齐襄公当作臣下对待。公孙无知尚且有食邑傍身，但公子小白没有私产，一切开支都仰仗公室，家中也日益艰难。鲍叔为了扛过困境，不得不低头向他父亲求助，还密访高傒寻求援助。与公孙无知、公子小白的处境相反，公子纠得到了襄公的厚待，食邑增多，享有作为公室一员的礼遇，管仲的收入也相应地有所增加。管仲深知鲍叔境况艰难。所以他节省用度，存下来的钱财让阿朱和阿枹偷偷送去鲍叔那里。但是管仲觉得，这种程度，还远远算不上报答了鲍叔的恩情。

尽管有管仲暗中相助，公子小白和鲍叔的处境依旧很不乐观。公子小白加冠时，襄公没有出席，公子小白独自一人默默地完成了成人礼。管仲认为，公子小白要开始相当长时间的忍耐了，因为襄公绝不会突然转念开始善待小白，公子小白需要忍耐的时间恐怕会长得令人绝望。如果公子纠对小白的境遇心怀不忍而伸出援手，也马上会遭到襄公的冷遇。所以只能由管仲暗中向鲍叔施以援手，间接地帮助公子小白。

某日夜，寒月冷彻，鲍叔前来拜访管仲。他全身无力，坐下后长长地叹了一口气，说：

"郑公遇害了。"

郑昭公于十月辛卯之日（二十二日）遭人暗杀。

"什么人干的——"

"高渠弥。那贼子一直想取代祭仲掌握政权，可祭仲大人为什么没能事先发现高渠弥的狼子野心呢？"

鲍叔痛心无比，几次用拳头击打自己的膝盖，但管仲恐怕不能体会他的痛心。鲍叔确实一直仰慕郑昭公，但是让他痛心的还另有一事。这段时间，鲍叔正在考虑让公子小白逃去郑国。

齐国与郑国已经断交，即使逃到郑国也不会被遣返。只要鲍叔出面，郑昭公一定会举双手欢迎公子小白。但是，他心中的这个打算因为昭公的突然离世而变得不可能了。

"这样一来，子元（郑厉公）会回郑国复位吗？"

"不，他的弟弟子亹似乎已经即位了。"

鲍叔说得有气无力。

郑国的这位新君子亹在历史上并没有谥号，这是后话了。

鲍叔作为公子小白的辅臣，陷入了深深的苦恼中。他觉得如果当初自己留在郑国，成为郑昭公的近臣，这次一定能斩杀贼人，保护昭公周全。

管仲在来到齐国之前一直烦恼不断，对贫穷的生活已经习以为常，他鼓励鲍叔说：

"没有不会停的雨。"

但管仲并不知道，此时他的友人心中正计划着亡命他国。只要活下去，境况一定会有好转。人的成败并非取决于时来运转的那一刻，而是在于如何坚持到那一刻的来临。

"我们一起，静待放晴的那一天吧。"

管仲的这句话似乎扫清了鲍叔的愁绪，让鲍叔的眼睛里重现了一丝生机。

鲍叔直至深夜才离去。管仲的管家糯垣似乎很担心，他在管仲回卧室之前上前问道：

"鲍叔大人家出了什么事吗？"

看来他的姐姐糯叔不曾将其中的内情告知他。

"没有。出事的不是鲍叔家，是郑国公室。据说郑公被暗杀了。"

"啊，竟然有这样的事？"

如果当初姐姐嫁给郑昭公为妾，现在一定会被遣返回家，一筹莫展，他们全家也只能一起叹气了。这样想来，命运当真是不可思议。

"鲍叔是一个很强大的人。他有着将不幸转化为幸运的力量。"

"臣明白。只是鲍叔大人突然来访，我还以为是……"

"以为是什么？"

管仲眼神一变，目光炯炯地看着糯垣。糯垣没有答言，默默地承受着管仲的凝视。过了一会儿，管仲移开了视线。

"今晚的鲍叔身上只有愁绪，没有狂气。即使公子小白心怀不忿，想要谋逆，鲍叔也一定会劝阻他的。鲍叔心怀大志，不会被眼前的蝇头小利所惑，他也一定是这样教导公子小白的。所以无须担心，令姐不会成为逆贼之妻的。"

管仲坚定地说。

"有主人这些话，我就放心了。"

糯垣的表情稍稍缓和了一些。

卧室里，梁娃还没有睡下，鲍叔的这次来访似乎让家中的气氛紧张了起来。梁娃无言地用眼神询问着自己的丈夫。

"啊，她是在担心我会不会与公子小白一起谋逆？"管仲听懂了妻子心中的声音。

"我辅佐的是公子纠，再说，我一定不会让你成为谋逆之人的妻子。"

管仲说罢躺了下来，梁娃面带苦闷地靠过来。即便是产子之后，梁娃的身材也一点没变。她还只有二十多岁，肌肤紧致，毫无松弛。管仲伸手轻轻揽过她的肩，梁娃的身体突然剧烈地一动，将管仲的手拉到自己胸前。管仲抓住她丰满的乳房，梁娃双唇微启。如果说女子是一道风景，那么梁娃这道风景不论从什么角度、在哪里看，都相当漂亮。想来，如果商王朝能维持到现在，那梁娃就是王室公主。对于管仲这样生于乡野的人来说，她实在是可望而不可即的高岭之花。

世事难料啊——管仲看着梁娃，仿佛在欣赏一个小奇迹。这个小奇迹之后，还会出现更大的奇迹吧。

第二年正月，齐襄公决定会见鲁桓公。

去年冬天两国互派了使臣，鲁桓公向齐襄公提出想在会盟之后携妻来访齐国。

"我终于等到了这一天。"襄公即刻表示欢迎。新年过后，襄公马上从临淄出发前往举行会盟的"泺"地，迎接鲁公。这一路上，襄公的心情无比愉悦，深知襄公脾性的近侍们见君主一直情绪高昂，都颇为不解。

与此同时，鲁国的一位大夫正在试图劝阻鲁桓公赴约。这位大夫名叫"申繻"。他不仅劝谏鲁桓公不要前去与齐公会盟，还对鲁公要带着夫人从会盟之地前往齐国一事深感不妥。他力谏桓公：

女有家，男有室，无相渎也，谓之有礼。易此，必败。

对女子来说，自己的婆家很重要；而对男子来说，妻子的娘家很重要。分清此二者，是为礼。否则，必有灾祸。

申繻的意思是，妻子出外游玩或是丈夫在外招惹了其他女子，都会破坏夫妻二人的生活。他认为，桓公携文姜同行如同鲁国正夫人出游，他对此表示反对。

"夫人同行之事已经告知齐国。若有更改，会盟必不能成。"

桓公没有理会申繻的谏言。文姜因为得知能去齐国而心情好转，如果此时桓公将她留在鲁国独自前去，等他回来时，文姜的闺房肯定会冷得像冰。就连现在文姜也是紧闭房门，每晚都是陈国嫁过来的陈妫在抚慰桓公。这个陈妫育有一子，名"友"。桓公还有侧室所出的公子庆和公子牙两个儿子。公子庆后来史称"庆父"，是桓公年轻时生的儿子，而公子牙出生于文姜嫁到鲁国之后。桓公侧室众多，这也是让文姜不悦的一个方面。虽然文姜也明白君主身边都会有侧室，但是在嫁为人妇之前她已初尝禁果，清楚了一个男人的情爱能够有多炙热，而她从不曾在桓公身上感受过那般殷切的爱意，她心中觉得男女之情不应如此。所以对桓公很是鄙夷。一国之君应当气节高爽，鲁桓公丝毫不符合文姜心中的理想丈夫形象，而她从登上齐国国君之位的兄长身上看到了那种理想形象。兄长会如何迎接我呢？当初，文姜嫁到鲁国一事刚刚定下的时候，她的兄长曾说：

"我要杀鲁公，灭鲁国，救你回来！"

文姜担心兄长已经将这些誓言忘得一干二净了。她心中渴望爱，但又害怕亲眼看到兄长的态度。她心想，如果兄长对我冷眼，我就再无容身之处了。

终于，鲁桓公与文姜从曲阜出发了。等在他们前方的是一段将要让命运发生巨变的旅程。

早春风光无限美好，然而全然无心欣赏美景的却不止文姜一人。

齐襄公一刻都没有在路上耽搁，先于预定的时间到达了会盟之地。襄公命人临河扎营设帐，他对着水畔的绿草和明媚的阳光举酒独酌，颇显风流。

三日后，鲁桓公抵达会盟地，客气地说：

"有劳齐公久等了。"

"哪里哪里，不过是多晒了会儿太阳罢了。"

襄公寒暄着，笑得心无城府，还致歉道：

"去年在奚地多有打扰，边境戍卫并非有意进犯贵国。是戍卫换防时，误入了鲁国境内，还望鲁公海涵。"

鲁桓公曾接到军报，当时进犯鲁国边境的齐军从人数上看，远多于一支戍守国境的军队。但是被齐襄公抢先这么一说，他也不好多说什么。为免徒生嫌隙，他只好大度地说：

"边境之上容易出现误会，齐公也无须介怀。"

这之后数日，齐公与鲁公一直在会谈。其间，文姜则待在鲁国的营帐中。春意渐浓，河面上吹过来的风不再带着寒气，温暖的阳光洒遍大地。

"我的春天也来了吗？"

长空辽阔，文姜单是这样抬头望着，便觉得神清气爽。同时，她也越发觉得自己形单影只。文姜思绪纷乱，心想：我再也不想回到鲁国那个不见天日的宫殿，如果兄长态度冷淡，我就在回鲁国的途中泛舟河上，任凭自己漂向大地的尽头吧。历史上，这位夫人的寂寞孤单不为理教所容，但不可否认，她向王公贵族就该妻妾成群的大男子主义社会风习发起了反抗，向世人控诉了女性受到的不正当对待和压迫。既然她有这种向男性制定的伦理道德发起挑战的强大勇气，那么她应该并不是一个只知道沉迷情欲的人。

二月，齐鲁两国会盟结束。

马上就能见到春色绚烂的临淄了——文姜强忍着内心的雀跃，跟在丈夫身边。此次会盟期间，齐襄公一次都不曾去过鲁国的营帐。齐襄公对鲁桓公辞行说：

"寡人先行一步。"

襄公先回齐国去了。他吩咐身边的近侍，准备款待鲁公和文姜。

"妹妹要回来了。"

襄公等这一天等得太久了。他在会盟之地只要能确认文姜真的来了就足够了，无须相见。如果文姜作为鲁公夫人生活得富足惬意，这次就不可能同意随鲁公一起前来。齐襄公是文姜生命中的第一个男人，她既然能无惧无厌地答应一起来临淄，就足以说明她的心意。

在襄公心中，文姜一直美丽动人。他永远不会忘记当初文姜得知要嫁到鲁国时，眼中落下的泪滴。

已经十四年半了。

太久了，襄公自言自语着。如果说襄公曾忍耐过什么，除了他作为质子在郑国的日子，就只有这件事了。

得知鲁桓公到来，齐襄公特意出城恭迎。在城门外，他看到文姜掀起了马车的门帘。他捕捉到文姜坚定而满含情意的目光，那一刻，四周的声音仿佛都消失了，他甚至不曾想过观察一下文姜的容貌美丑。绝对不愿放开的人真的回到自己眼前了，这让襄公的心一下子变得柔软。这种幸福的感觉是他从未体会过的。

　　襄公命人安排鲁桓公、文姜以及随行侍从住进离宫。次日，襄公单独宴请了桓公。第三日，襄公设宴款待了文姜和朝中重臣。席间，襄公说：

　　"如果夫人对临淄还满意的话，不妨待到秋天再回去。"

　　鲁国主从一众都觉得很愉快。事实上，鲁桓公受到襄公的礼遇，在齐国住得甚是满意，第一次体会到了什么是休闲享乐。

　　"鲁公差不多该放下戒备了。"

　　襄公这样思忖着，派使女到离宫邀请文姜入宫。齐国公室是文姜的娘家，而已经嫁到他国的公室之女，除非离婚，否则不会回娘家。这次可以算是例外吧。

　　"无须急着回来。"

　　桓公和颜悦色地将文姜送了出去。文姜日思夜想的这一天终于来了，但她没表现出一丝喜悦，表情凝重地向着齐国宫殿进发。她尚不清楚兄长的真意如何。之前在宴席之上，文姜并没有感受到兄长对自己的热情，内心十分不安。

　　文姜穿过宫门来到内廷，襄公正等在那里。文姜看到襄公的眼神，瞬间感动不已。这个眼神正是从前那个真心爱着自己的兄长的眼神，她不由得喜极而泣。

　　"你终于回来了。"

　　襄公这一句话便消解了文姜所有的不安。

"兄长——"

"为兄明白。这么久，难为你了。为兄也很难过，这难过只有你我二人能懂。"

襄公向来傲岸不群，但此时他的身上充满了温情。

襄公命伶人奏起管弦，为文姜准备了无数美食。在文姜眼中，襄公英姿勃发，尊贵高雅。

"让为兄替你斟一杯酒吧。"

襄公亲自为文姜把盏，文姜很快便陶然微醺，她身体里那个萎靡不振的灵魂好像再次恢复了生机，开始飘飘欲仙。齐国真好啊，文姜的全身上下都这样诉说着。不知何时，堂下的伶人已经退下，当文姜觉察出殿内的情形与方才不同时，她正坐在襄公的膝上，而兄长的手正在她的胸前抚摸着。时不时地，文姜忍不住低声娇喘。

"我讨厌鲁国。"

文姜深深地低着头，让人不禁担心她的脖子要折断了。

"你无须再回去。"

襄公的气息吹在文姜耳边，让她的耳边一片火热。

"此言，当、当真吗……"

文姜一只手抓住了襄公的膝头。让丈夫一个人回国而把妻子留在娘家是不可能的，但文姜拒绝回到寂寞的现实之中。

"当真。今夜你也无须再回离宫。"

襄公抬起单膝，把文姜的腿和腰抬高，然后迅速伸手抱起文姜，起身站了起来。文姜全身都很放松，襄公清楚地感受到了一个女人的重量。这种重量中，有着二人分开的漫长岁月。

此刻已经入夜，殿内没有光亮。虽然有用于换气和采光的天窗，但需要更多光线的时候，就要让奴仆手执火把站在殿内的角落里。生于公室的王公贵胄不把这些奴仆当人看，在他们眼中，那不过是一些手持火把而立的人形烛台。

襄公将文姜抱到已经铺好被褥的内室，只留下一个火把。他借着光，凝视着文姜的玉体。往日的青涩已经不再，眼前的文姜皓洁如玉，曲线起伏，无比美丽。

有一个男人玷污了这具玉体。

而那个男人有了这样的美人还不满足，还一个又一个地纳妾，蔑视正妻。襄公想冲着那个人大声咆哮，看看我是多么忠贞！我绝不会将这珠玉一般的美人还给那个不懂爱的男人。

襄公用尽全力拥住了眼前的玉体，然后分开她的双腿。皓洁的玉体深处有一处着了色的花穴，襄公的手指一靠近，花瓣间马上立起一处坚挺。

"你是因为我，才这样兴奋的吗？"

接下来，襄公化身猛兽。火光消失后，他们在一片黑暗中无休止地重复着欢愉。

早上的阳光洒进来，照醒了文姜，她急忙起身，高声说：

"我必须回去了。"

襄公苦笑了一下。

"昨夜不是你说不想回去的吗？"

文姜瞪了襄公一眼。

"即使我不想回去，你也得让我回去。不然，兄长难道有办法让我不回去也无妨吗？"

襄公默默地承受了文姜言辞之间的锋利，眸中带笑地说：

"几年之内，必有办法。"

当日，文姜回到离宫，鲁桓公并未对她生疑。隔日，文姜又到襄公的宫殿连着留宿了三日。等她回来的时候，桓公自然免不了要斥责。可文姜反而高挑眉宇，一言不发，带着侍从出了离宫，投奔兄长而去。当晚，文姜扑到襄公怀中不住地哭泣。

——让我的妹妹身陷不幸的人，罪无可恕！

襄公震怒。他把文姜藏了起来，并派使臣前往离宫。

"二位和好之前，请鲁公暂留临淄。"

文姜不回离宫，桓公不得不一直留在临淄。转眼到了四月，文姜依然没有回来。

原来传闻竟是真的——桓公不得不愤懑地接受了襄公与文姜私通的事实。继续待在这里只有痛苦，于是他向襄公辞行。

"鲁公苛待吾妹，必须受罚，我岂能纵虎归山？"

襄公自言自语着，下令设宴招待鲁公。四月十日，襄公吩咐刚猛勇武的公子彭生：

"你要以无比郑重的礼仪，好好招待招待鲁公。"

当然，文姜没有出现在这次宴会上。桓公郁郁寡欢地来到席上，餐后饮酒时他眼也不眨地怒视着襄公。襄公虽然表面装作不在意，但两边的太阳穴因怒气而慢慢地鼓胀，眼中也出现了冰冷的杀意。

主仆失踪

鲁桓公大醉。

他用醉眼望向齐襄公，用手指着，口齿不清地骂道：

"你这个强盗。你抢了我的妻子。"

襄公也敛去了笑容，心想：

难道不是你抢走了我最心爱的妹妹吗？

如果你能珍视这个如珠如玉的人，我尚且可以原谅，可你待她还不如贱妾，绝不可饶恕。如果我还不明白文姜不想回到鲁公身边的心意，我就不配为人。

襄公见桓公醉倒，马上给公子彭生使了个眼色。彭生刚劲有力，轻松地将烂醉瘫软的桓公抱了起来，扔到马车中，将桓公的身体对折，把自己全身的重量压在上面，压死了他。

"数年之内，我还要灭掉鲁国。不用亲眼见到那一天，对你来说实在是一件幸事。"襄公心想。

他微微一笑，吩咐彭生：

"把鲁公送回离宫。"

离宫的一众仆从见到主君的遗体，大惊失色，不知所措。翌日早上，他们急忙派人赶回鲁国向宰相臧孙达通报，离宫中的鲁国众人要求面见襄公询问桓公的死因，但是襄公全然不予理会。前一晚，随桓公赴宴的为数不多的随从都说：

"是公子彭生杀害了君上。"

虽然不是他们亲眼所见，但是桓公在被公子彭生抱上马车之前还好好地活着，之后就在马车里暴毙，这既非事故也非重病，是被公子彭生活活打碎了骨头。

很快，襄公的使者前来传命：

"若在齐国举行葬礼，我等自会准备。如若不愿，还请速速离开，返回贵国。"

桓公的一名近侍愤然不已，没有比让杀害君主之人筹备葬礼更有伤国格的事了。他说：

"君主暴毙后，丧期一切事宜皆应由国中上卿料理。我等没有接到上卿的指示，不能擅自做决定。若执意驱逐，我等唯有即刻殉主。"

桓公的仆从向襄公的使者表明了自裁的决心。

襄公听了使者的回报，不悦地说：

"执迷不悟的东西。"

而后下令，这群人是空等尸体腐烂的不忠不孝之辈，不必理会。

转眼，已经入夏。

回曲阜报信的鲁国使者奔波得大汗淋漓，他带着满面愤愤，将桓公的死讯禀报给了臧孙达。臧孙达是鲁国的名臣，为人知轻重，有随机应变之才，面对这个令人震惊的讣报，他没有显露出一丝慌张，只简短地答复了一句：

"我知道了。"

而后慰劳了使者，一脸平静地等着第二个回来送信的使者。待了解了详情之后，他派了一位大臣作为使臣。

"国家也得要面子。"

如果此时向齐国示弱，鲁桓公留下的太子同必然会永远遭到诸侯们的耻笑。臣下的忠诚正当在这样的危急关头显现出来。

"在齐公处罚公子彭生之前，你绝对不可以回鲁国。"

臧孙达严命使臣。

以前，齐鲁两国的关系还算不错，不过，诸侯国间的亲疏关系是随着各国势力的增减而不断变化的。鲁国官民得知鲁公惨遭齐公杀害之后，纷纷对齐国生恨。这份仇恨不会轻易消散，会慢慢成为两国之间的隔阂，进而成为鲁国人天性中的一部分。就连提倡仁义的孔子也本能地厌恶齐人。鲁桓公被暗杀一事，成为鲁国历史上一个无法抹去的重大事件。

有大臣自鲁国而来，齐襄公自然无法置之不理。

鲁国使臣说：

"我国国君往日慑于齐公威势，坐立不安，特意前来齐国以修旧好，然而事毕却不得归。即使我们想要追责也不知应该向谁问罪。况且此事于诸侯间有伤体面，故而还望齐侯处罚彭生，以消此辱。"

鲁国的要求很是悲怆。

"是要我杀了彭生吗？"

襄公一脸怅然，没有马上答复。

鲁国的使臣见襄公并没有处罚彭生的意思，马上登门造访高氏与国氏两位齐国重卿，要求给出一个妥善的处理。

"如果一直这样下去，不仅是在下，连住在离宫的一众仆从都只有一死了。如果发展到那一步，现在临时执掌鲁国事务的臧孙大人必然会向周王要一个说法。只要彭生一个人死，就可以免去这些麻烦。"

"诚如所言。"

高国二卿一起向襄公进谏。襄公虽然恣意妄为，却也不得不对这两位上卿有所忌惮。他不想与这二人为敌，以免动摇齐国的内政。

"寡人实在无法处决彭生。"

襄公说着，将脸侧向一旁。彭生是襄公的宠臣。

"那么，请让臣等代劳。"

二卿退出殿外，分别派出家臣突袭了彭生的宅邸，杀了彭生，将他的尸首运到离宫，给鲁国使臣看。

至此，使臣和桓公的仆从带着桓公的遗体，离开了临淄，文姜没有与他们同行。对于此时年仅十三岁的鲁国太子同来说，父亲死在了齐国，母亲被齐侯抢走了，他自己在毫不清楚内情的情况下匆忙即位，史称"鲁庄公"。

齐襄公大仇得报之后,接下来他开始着手筹备另一个复仇计划。

去年十月,郑昭公在郑国为高渠弥所害,公子亹即位。但郑国局势不稳,一度亡命到蔡国的郑厉公占据了郑国的副都栎城,公子亹的弟弟公子子仪还在陈国,也在伺机回到郑国。对公子亹来说,郑厉公的存在尤其是一个威胁。齐襄公看准了这一点,派使臣前往郑国,对公子亹说:

"若郑公有意,可攻栎城。齐国愿助一臂之力。"

公子亹对这个建议非常动心。如果能得到齐国的助力,把反对自己的势力一举铲除,今后便可高枕无忧。

"深谢齐公厚意。"

公子亹答复齐国的来使说,愿意于七月在首止之地与齐国举行会盟,合两国之兵攻打栎城。

"外间传闻,齐公杀了鲁公,想必是鲁公多有无礼之处。齐公愿助我郑国消除祸患,实在是盟主才有的气度。"

公子亹在高渠弥和祭仲面前毫不掩饰自己的喜色。

"齐公是打算与我国结盟,然后攻打卫、鲁、宋三国。助亡命至齐的卫君复位,讨伐新君尚幼的鲁国,这些齐公都不会等太久的。如果卫国和鲁国降于齐国,宋国便会失去倚仗,只能向齐国和我郑国低头了。"

高渠弥非常乐观。他本来担心自己暗杀了上一任君主,诸侯会联合起来向他问罪，一直有所戒备。但是宋、卫两国丝毫没有派兵讨伐的意思，等这一年过去了，诸侯就算是默认了郑国的新君，此时的高渠弥已经放下了一半的戒备。齐襄公谋害了鲁桓公，势必担心鲁国今后要报复，自然不会加入宋卫同盟，只有与郑国结盟。这对高渠弥来说很有利——这样一来便可除掉住在栎城的子元（厉公）了。

然后再进攻陈国，杀了公子子仪，后顾之忧便可一扫而光。

"祭卿不这样认为吗？"

向祭仲发问的不是高渠弥，而是公子亹。祭仲是辅佐过郑庄公的贤臣，已经到了告老还乡的年纪。祭仲似乎没有听到他们二人适才说的话。

"到了老臣这个年纪，浑身上下的关节都疼，真的是受不住了。"

说罢，祭仲一个人笑了笑。公子亹与高渠弥不由得对视了一下，脸上浮出微笑。其实他们对祭仲也一直有所戒备，不过目前为止祭仲不曾表现出任何异样。

"即便是那位祭仲大人，也希望自己有个安稳的晚年吧。"

这样想着，他们放下心来。祭仲的弱点在于，当初是他把郑厉公赶出去的，如果住在栎城的厉公被迎回，那最先遭诛杀的一定会是祭仲。所以现在，祭仲只能老老实实地听命于公子亹。

为了七月的会盟，祭仲本应随公子亹一起前往首止。但是出发前，祭仲突然说身体不适，请求留守后方。

"年迈之人不能远行呢。"

公子亹付之一笑，将祭仲留在了郑都，带着高渠弥前往首止。祭仲因为抱恙，甚至没能前来为他们送行，休养在自家宅中。但是，从祭仲的气色和眼神来看，他绝对没有生病，甚至还显得年轻了几分。

"郑国国君竟然不顾旧怨，打算就这么前来赴会了吗？"

齐襄公的眼底跳动着仇恨的火苗。襄公在郑国做质子时，苛待他的正是公子亹。人会因为苛待他人而尝到一种快感，事后还会忘记自己对别人做过什么，但是被苛待的人感受到的却是生命受到威胁一般的痛苦，会一直活在对对方的仇恨之中。这也是人性不可思议的地方之一。

襄公摆出一副虚假的面孔，平静地与公子亹进行着会谈。七月戊戌（三日）会谈时，襄公安排了大量伏兵，突然袭击公子亹和高渠弥，并杀了他们。襄公认为高渠弥这种暗杀君主的臣子身上宿有恶灵，所以下令：

"轘之！"

"轘"这种刑罚不同于后世所说的车裂，是在桩子上装上车轮，然后把尸体架在车轮上。当时人们相信大地可以让埋入地下的灵魂复活，所以不可以让宿有恶灵的尸体接触大地；而车轮象征着太阳，日光暴晒可以净化灵魂，这是当时的一种宗教想象。事实上，尸体只会慢慢地在车轮上腐烂。

管仲和鲍叔目睹了这一刑罚。他们二人也陪着各自的主君一起来到首止。鲍叔无疑痛恨暗杀了郑昭公的高渠弥，但是当他看到刑罚的场景时，也不由得皱起眉，自言自语地说：

"一国之君处决他国大臣，这是周厉王和周宣王都不曾做过的事。"

"确实……"

管仲点了点头，但他没有直言襄公的不是。当弟弟的不可以评判哥哥的过失，公子纠如果说了襄公的是非，会受到不满襄公政行之人的拥戴，被推举成反襄公势力的首领。这并非正道所在。管仲在公子纠身边辅佐，他的想法和态度也都不由自主地从公子纠的立场出发。如果自己对襄公表现出不满，那这种不满也会影响到公子纠。襄公为人敏感，定然会有所察觉。

连公孙无知都一直在韬光养晦。应该向他学习。

鲍叔默默地盯着高渠弥的尸首看了良久。终于，他转过身来，看向管仲，低声说：

"回国后，我有一事相求。"

"但说无妨，无有不依。"

管仲故意用明朗的声音回应，因为他好像看到鲍叔眼中噙着泪，吃了一惊。公子小白一旦举兵反叛，即便鲍叔是自己的挚友，也绝对不能出手相助。届时，唯有让公子纠出面劝阻公子小白。这是管仲在那一瞬之间所想到的。

不过，鲍叔心中所怀的凄然心事却并非如此。

回到临淄后，鲍叔还没顾得上脱下军装便对公子小白说：

"臣有一事禀告。"

鲍叔请小白屏退了左右近侍。小白已经年过二十，有着洞察世事的机敏，他清楚鲍叔的表情很不寻常。

"请讲。"

小白说着，直勾勾地盯着鲍叔。

"君上在一年之内接连杀害了两位国君和一位大臣，您觉得这是为了匡扶正义而不得不为的吗？"

"非也。"

小白的回答很简短。

"鲁公暴毙是君上亲自所为，而杀害郑公和郑国大臣的却是齐国之兵，也就是齐国的子民。为报一己私仇，动用了忙于务农的子民，这可否饶恕？"

"不可。"

小白自幼在鲍叔身边长大，讲话从不含糊其词。鲍叔听了点点头，往前膝行几步，声音低沉而坚定地说：

君使民慢，乱将作矣。(《春秋左传》)

襄公滥用民力，不久国中必乱。

"乱——"

小白瞪大了眼睛。所谓"乱"，并非家臣集团间的私斗，而是指对君主的反叛。原本，匡正君主之过也被称为"乱"，但是后来这个说法渐渐被曲解为负面的意思了。

"孤绝不会参与作乱。"

小白一边说一边盯着鲍叔，揣测着他的真实想法。

"公子所言极是。乱即为不正，不论参与还是支持作乱，都是对不正的认同。"

"然也。不参与，不支持，紧闭门户，静观其变为好。"

小白心中想着，如果鲍叔是想说要持身中正的话，那他尊重这个观点。静默不动，对自己来说并非难事。但是，鲍叔的表情却丝毫没有缓和。

"不是这样吗？"

小白不禁问道。

"如果作乱之人被君主击退，那自然无事，但如果作乱之人谋害君主之后举兵来袭公子，又如何是好？"

"那自然是要迎敌了。"

"以府中不足五十人的兵力迎战三五倍之敌，岂有胜算？只有死路一条。"

公子小白没有食邑，府中家臣很少。

"兄长会来帮我的。"

公子小白口中说的兄长是指公子纠。

"我们能坚持到援军赶来吗？况且未必会有援军，向高氏求助也是一样于事无补。兵乱起于突然，谁也无法预料。有什么方法可以为无法预料之事提前做准备吗？"

小白有些恼怒。

"为何只有我被攻击？也许兄长会先受到攻击呢？"

"如果是那样，公子会出兵相助吗？"

鲍叔这一问让小白词穷了。如果自己得知兄长公子纠为叛军所袭，一定会优先想着自己赶紧避难。仔细想来，如果公子纠得知自己被袭，也不会出手相救，他只会赶忙逃离临淄吧。作乱者是要歼灭齐襄公和他的弟弟们。襄公如果有懿德，自然可以防患于未然，但是襄公放纵胡为，国民不愿意扶助齐国公室。自己不曾反抗襄公，会被视为一丘之貉。

"叔牙啊，孤当如何是好？"

"避难于祸起之后，避难于祸起之前，哪个做法更贤明？"

"自然是避难于祸起之前。"

"那么，我们离开齐国吧。"

"啊——"

小白后退了一步，脑中一片混乱。离开齐国，逃命他国，这些事他之前完全不曾想过。

"何时离开？"

公子小白的声音中带着不安。

"比如，明日——"

听了鲍叔的话，小白沉默了。离开齐国，他又能去哪里呢？自己生母的娘家卫国因乱易主；邻国鲁国因鲁公遇害正在丧期之中，而且鲁国臣民都对齐国公室心怀怨恨；郑国对齐国的态度定然也与鲁国一样。说起来，公子亹和高渠弥在首止被杀，称病在家的祭仲接到讣告后，没过多久便派人赶往陈国，迎回了公子子仪。有一位大夫见祭仲的应对如此之迅速，曾评价说："祭仲凭借自己的智慧躲过了灾祸。"还说，祭仲也许从一开始就知道首止会有祸事。

这话传到了祭仲的耳朵里，他说：

"信也。"

祭仲的意思是：正是如此。他说得非常云淡风轻。就连祭仲这般足智多谋之人，都没能对高渠弥伸向郑昭公的魔掌防患于未然。昭公的去世对于祭仲来说，肯定是一生的恨事。从另一个角度来说，叛乱的发生就是这样难以预料，鲍叔所担心的也正是这一点。他岂能让自己一手培育的公子小白丧命于叛乱之中呢？这个强烈的念头使他产生了逃亡的想法。

"必须先离开齐国。我们无法预料叛乱是会发生在三年后、五年后还是十年后，这就意味着叛乱也可能明日就来。"

"也可能并没有什么叛乱——"

"如果公子气运不济，最终也可能落得这样的结局。但是公子面对如今的冷遇还能再忍耐几年？离开齐国难道不是上策吗？"

小白用力地咬着嘴唇。确实，现在他整日提心吊胆，惶惶度日。公子小白虽然贵为公子，家产却不及大夫，没有食邑，事实上等同于一个没有食邑的上士。连下位大夫家中都养着七十二名家臣，可公子小白府中却从不曾多于五十人。

君主厌恶我——这个感受清楚而深刻。为了摆脱冷遇，自己也努力了。他不仅时常款待襄公身边的近侍，还拜托高氏和国氏从中斡旋，但没有任何效果。这样看来，与其说襄公对小白没有期待，并不信任，还不如说襄公憎恶他、讨厌他。可即便如此，只要待在齐国，他总归还是会被尊为公子，好歹过得下去；而一旦离开齐国，就未必有哪个国家会以齐国公子的礼遇对待自己，也许只能四处游荡，跌倒于荒野之上了。

小白流下泪来。鲍叔见状，静静地说：

"哭吧。一旦被卷入叛乱，就连哭的机会都没有了。"

鲍叔说罢便退了下去。他穿着铠甲回到家中，心里在默默地流泪。

这一年冬天，公子小白一家主仆都消失了踪影。

"小白这小子去哪里了？！"

襄公怒吼着，对弟弟突然逃跑一事表现出满脸的怒意，派人四处搜索小白他们的下落。捉拿小白的命令传达到齐国边境的关卡，相当于边境警备队的戍防官兵也接到了通知。但是，直至晚冬也没有一点线索，襄公的近侍中甚至有人说：

"他们是不是乘船逃到海上去了？"

终于，襄公停止了搜捕。当然，公子纠家中也一直在谈论公子小白失踪一事。只有召忽与管仲两个人的时候，召忽问管仲：

"如果你不想回答就当没听到我的话便好。公子与鲍叔究竟去了哪里？"

为防有人偷听，召忽把声音压得很低。管仲紧抿着唇，慢慢地摇了摇头。召忽与管仲相处的时间久，他深知管仲并不是会撒谎之人，不会在言辞上虚与委蛇。召忽对管仲的答案没有任何怀疑。

"鲍叔什么也没对你讲，就离开齐国了吗？"

管仲沉默地点了点头。在首止时，鲍叔确实说过回到齐国之后有一事相求。他当时就已经决定要逃亡了吗？但是回到齐国之后，鲍叔一次都不曾来找过管仲。当管仲得知公子小白和鲍叔不见踪影的时候，他想到的是："他们把檽叔和白纱藏到哪里去了？"

管仲向檽垣询问。檽垣听了一惊，连忙四处打听母亲和姐姐的下落，但是完全找不到她们的踪迹，只打听到白纱的丈夫贝佚也随鲍叔一起不见了。后来他们得知，随公子小白离开齐国的大约有四十人，他们全都把家人藏了起来。即使是因为担心受到襄公的处罚，这样的做法也不可不说是十分周到了。这些应该都是鲍叔的谋划吧。他为防追兵，小心地抹除了自己的痕迹。

"真乃神人也。"

管仲重新深刻地领教了鲍叔的不凡才干。鲍叔对挚友也什么都没说就离开了，这足见他想要拼死守住公子小白的忠心。这是在深知襄公禀性的基础上所做的计划，襄公身边那些只知道取悦他的人自然不可能识破。照常理来说，鲍叔的父亲是齐国大夫，自然要负责照料他们留在齐国的家人，但是鲍叔的性格，绝对不愿给父亲添麻烦，所以肯定不会如此。

"公子小白家中众人的家人究竟去了哪里？"

管仲很快停止了猜测。等鲍叔他们在安全的地方落脚后，一定会派人来送信的。

十二月下旬，一名男子叩响了管仲的家门。这个人并不是鲍叔派来的密使。

"是那个曾在温县城门求主人原谅的人，他要见您。他身边还跟着几个人，其中还有女子。"

檽垣向管仲汇报。

"是巢画？"

管仲心中不解。巢画是全权管理周王朝事务的周公黑肩手下的斥候，虽说他并非性情狷戾之人，但也不至于疏忽到在东方诸侯国打探消息时顺路去熟人家中做客吧，况且随行之人中还有女子，这让人甚是不解。

　　"又或者是……"

　　管仲想起了岳父梁庚曾说过的话。想来是周王之子子仪（王子克）与周公合谋起兵，反叛周王了吧。管仲带着这个猜测，前去迎接了风尘仆仆的巢画。

　　他的脸色很不好——面对正坐在眼前的巢画，管仲最先注意到的是这一点。巢画不愧是跟在王室大臣身边做事的人，非常懂礼数。在巢画开口前，管仲先高声问道：

　　"周公是因谋划失败而身故了吗？"

　　巢画略显消沉，却用一种不想让人觉察到自己精神萎靡的语调回答说：

　　"诚如先生所料。只不过，周公是在举兵前遇害的。"

　　"听闻周王更加擅长谋略……"

　　"不错——"

　　巢画嗓音低沉，在管仲的追问下，他一点点地将事情的经过讲了出来。事情的起因还是三年前周桓王驾崩时留下的那道遗言——"拥立克儿"。周公处于不得不完成周桓王遗命的窘境，想来一定是受到了王子克（即子仪）的催促和诘问，才被迫举兵反叛的。举兵讨伐现在的周王（即周庄王）是为大逆不道，无疑是作为王臣最严重的失检行为。但对周公来说，他的主君只有周桓王一人，不违背桓王的意志就是周公的伦理道德，而且这在桓王死后依然有效。人虽终有一死，但周公在桓王死后也要继续为其效力，他无法违背桓王的遗言。桓王驾崩后，周公无须在意世人的看法，但是王朝宰相的身份却阻碍了他贯行自己的伦理。所以，周公一直在为随时拥立子仪做准备，为争取诸侯的理解而默默地努力。然而，周公在最终举事上略有迟疑。

周大夫辛伯在周公开始暗地里支持子仪时，曾向他谏言：

"妾室与王后并立，庶子与嫡子匹敌，为政者二人，国都两处，此乃祸乱之根本。"

辛伯是在劝周公不要继续在背后支持子仪，应当辅佐周庄王。但是对周公而言，周桓王的遗言绝不可以轻易背弃。正当周公迷茫、犹豫之时，辛伯觐见了周庄王，禀告说：

"王子克与周公合谋，不久将要举兵叛乱。"

周庄王之前对此事也略有耳闻，一直心怀不安，但是慑于周公的权威，迟迟没能下决心诛杀周公。不过现在他身边有了辛伯，终于可以摆脱这种不安了。但是，周庄王的亲兵与辛伯的府兵加起来也远不及子仪和周公的兵力，所以只有偷袭。一旦偷袭失败，周庄王和辛伯必遭不幸。但是，他们成功了。

"周公遇害，子仪殿下逃去了燕国。"

作为周公的心腹，巢画深知周公所虑种种，自然也最不甘心。

管仲听他讲了事情的经过后，从另一个角度进行了解读。

"周公也许一直在等着周王杀他吧。"

"不愧是管先生，我也这样想过。周公一直逡巡不前，我也非常不解。"

"子仪殿下如果足够英明贤德，周公就不会那么犹豫了，不是吗？"

巢画微微地苦笑了一下。

"确实，子仪殿下才德不济。但是现在的周王也并非贤德之人，这是一个会设计谋害周公的君王。"

"所以，巢兄丧主，今后打算改仕他处吗？"

"那是自然——"

"那么，打算效命于何人呢？"

"你……"

巢画说罢站起身来，深深低头行了一礼。管仲一惊，睁大了眼睛。巢画是周公麾下股肱之臣，是周公的心腹，待遇至少是上士吧。而且他与王都近畿的贵人多有往来，常常出入各地的名门望族。这样的巢画如果在管仲手下效命，他的身份会降为下士。

"在我这里，恐怕你会为那少得可怜的俸禄而哀叹。"

"先生也见到我这一行人了。内人与弟弟，还有两个仆从，只要够养活我们五口人便好。"

"我把你举荐给我家公子吧。"

"不，在下愿意在先生手下效力。您是运势强劲之人，我清楚您这一路走来经历的种种。当初见到您行商的时候，我便想来追随，这绝非虚言。周公去世的时候，我没有想过以死殉主，反而觉得是一种解脱，所以我算不上忠臣。忠臣是无法在您这里效力的。"

"我有些似懂非懂——"

管仲眼中带笑，他对巢画说，如果巢兄想尝一尝贫穷的滋味，那就请跟在我身边吧。于是，管仲带他见了檽垣。

巢画展颜，而檽垣却像是要戳破他的一脸愉悦一般，言辞犀利地问：

"之前就是因为你，主人险些丧命。主人不念旧恶，把你留下了，可你又能做些什么？"

"只要不是为非作歹，刀山火海，在所不辞。"

管仲听了这二人的一问一答，突然想起一件事。

"我想让你帮我打探一个人的下落。这件事，君上的近侍也好，临淄的衙役也罢，甚至是我家中的人都不能办到。但是，我相信你一定可以。"

管仲向巢画交代了他的第一个任务。

王姬与文姜

巢画有一个儿子，十多岁，名连，他还有一个弟弟名广，三十多岁，看上去比管仲小几岁。巢画决定今后在管仲手下做事，他把弟弟和儿子叫到堂下，对他们说：

"来见过主人。"

管仲打量着这二人。那个名叫巢连的少年身上有种不可名状的优雅。

"此乃有心向学之人。"管仲心想。

巢广也是人品端方，不愧是周公的臣下，自有一股高风亮节之气。巢画虽然一直在周公手下做斥候，但这应该并不是他的本意。管仲将这些都看在了眼里，他对巢画说：

"我要你做的并不是打探消息，而是要把人找出来。这是我的私事，切莫说与外人知。"

后面具体的事宜都由管家糯垣负责交代给巢画。不用说，管仲交给巢画的任务自然是去弄清与公子小白家有关的人现在身在何处。巢画从糯垣那里了解到了事情的详细情况。

"此事甚合我意。"

巢画莞尔，接了钱，马上与弟弟一起行动了起来。最初

几日,他们在临淄县内各处打听消息,之后开始在近郊寻找。糯垣见巢画兄弟二人带着一脸疑惑无功而返,讽刺道:

"现在你们知道我之前说的话都不是骗人的了吧。无论你们是多么出色的斥候,对这件事恐怕也无能为力。"

糯垣还没有完全信任巢画兄弟,并不认可他们的能力。

巢画不觉得这个比自己的弟弟还年少几岁的管家对自己怀有恶意,反而觉得他为人淳朴,他管理的这个家的家风与自己的性情很合。管仲不是一个吝啬的人,在礼数方面也不苛求,所以他的家臣都过得相对富足而且无拘无束。同时,家臣们也没有丝毫的怠惰,阳光而有活力,这都是因为管仲就是如此阳光而有活力。以前,巢画在温县的集市上目睹了管仲被人围殴的场景。

"他在行商吗?"

当时巢画吃了一惊。而更让他吃惊的是,管仲在被一群壮汉围殴时,身上居然发着光。他身上散发出的光辉越强,就越让他周围的人显得暗淡。总之,当时巢画眼中只看得见管仲一个人,他甚至怀疑自己是不是突然患了眼疾。巢画习惯了理性的思考,像这样让他觉得心身震撼而不可思议的事,这世上还不曾有过。可那个时候,巢画却真的产生了这样奇异的感觉。管仲在梁娃的帮助下准备离开温县时,巢画决定为之前的事向他道歉。他被心中那股奇怪的力量推动着,上前报上了自己的名字。

"所谓天意，是真的存在的。"

巢画有生以来第一次感受到了天意，他强烈地感受到了那股无论怎么努力看也不可能看清的上天的力量。自那以后，他开始对为周公做事的自己感到不满，因为他从不曾在周公身上看到过那样的光辉。巢画思索了良久，突然意识到：

"这世上有着人定的阶位与天定的阶位，不知什么原因，人会在某一时刻，突然看到自己的天定阶位。"

他对弟弟巢广说起此事，惹得弟弟皱眉。

"你要是想笑我就尽管笑吧。但是，我真正应当追随的主君是管仲，这是上天告诉我的。你一定觉得不可思议，我也这么觉得。可如果我有朝一日能在管仲手下做事，你就会知道什么叫上天的安排了。"

"我明白了。虽说是万中也难有一的可能，但如果兄长真的有朝一日在那个行商之人手下做事，我也要一同前往。不过……所谓天命之人，百年才能有一个吧。"

"如果主人是百年难得一见之人，那么作为手下的我们也是百年难得一见的了。"

"我真的是跟不上兄长的思路呢。兄长也好我也好，最终都是要跟在周公身边直到终老的。"

不过，现实并非如此。周公遭周王偷袭，遇害身亡。巢画在与周王帮凶辛伯的手下交战时，再一次感受到了天意，他一把抓住正在拼命奋战的弟弟的铠甲，冲他喊：

"我要冲出去，去齐国投奔管先生。如果你将来到了地下也能继续为周公大人效命，咱们家的面目也算得以保全了。"

说罢，巢画翻墙而走，赶回自己家中，催着妻儿和家中仆从一起离开了王都。作为周公的臣下，这绝不是值得赞扬的行为，但是巢画当时心中只有天意二字，完全不在意旁人怎么看。况且，周公已因为决意谋害周庄王而沦为叛臣贼子，继续效忠于这样的主人就是助纣为虐。现实就是这样的。

"愚蠢至极。"

巢画想大喊出声。自己长年累月辛勤劳苦，转眼之间却成了世人唾弃的对象。巢画有着极强的正义感，他原本认为周王是正义之本，也一直坚信周公是正义的守护者，甚至觉得自己的细作行为也是正义的。但是，这些信念在一夕之间被颠覆了。如果之前没有在温县见到管仲，巢画定会一边怒吼着"为什么"，一边战死在这里。即使他侥幸活了下来，后面也会一直生活在烦恼中。而现在，巢画毅然决然地从战场上抽身，一脸神清气爽。他相信自己看到了别人看不到的东西。当人从心底期待一种正确的人生时，天意就会降临。抓住那个瞬间，坚信并努力，就是符合天意的生活方式，而不相信的人最终只会沦为一个消亡在失败中的宿命论者。虽然表面上巢画是一个丧主的败将，但这不过是表象，他自己实则如同重获新生。

在郑国，巢画的弟弟追了上来。

"你不是想追随周公到黄泉吗？"

"兄长卑鄙！剩下的家臣已经悉数战死，兄长你不值得我敬重。"

巢画听了弟弟的指责，面色沉了下来。自己当时没有余力带手下的人一起逃出来，他以为其他人逃出来之后，一定会去打探自己的消息，找到齐国去。手下全军覆没，实在出乎他的意料。部下的面容一个一个地浮现在巢画的脑海中，让他落下泪来。

"如果我是你，我也会瞧不起这种临阵脱逃之人。"

前往齐国的路上，巢画一直心绪不佳。他责问自己，就没有什么方法可以让部下免于一死吗？他的脑中就只有这一个念头，越想越惭愧。进入齐国地界后，巢画声音疲惫地说：

"阿广，有朝一日你也会成家，也会有部下。千万要记住为兄的前车之鉴。"

巢广从小敬爱自己的兄长，没有真的因为兄长从周公家迅速撤离而瞧不起他。当初是兄长最先怀疑辛伯在与周庄王接触，也是兄长建议周公应当有所戒备。但是周公不以为意，还轻蔑地说：

"一个懦王和一个佞臣，他们能做得了什么。"

周公没有理会兄长的一片赤诚。巢画当时一定颇为失望,觉得自己长久以来在周公手下殷勤做事都毫无意义吧。巢广一直跟在兄长身边,这些他都懂。但在与叛军作战时,他眼见着大家抵死奋战,最终为周公尽忠而死,心中难免悲愤,激化的情绪让他无法原谅兄长刚交战就逃离了战场。巢广自己一直坚持战斗到最后一刻,他武艺非凡,有信心能杀出一条血路。

巢广就是带着这样郁郁不解的心情来见管仲的。

哪来的什么光辉啊。

厅堂之上的管家普普通通,在这位管家手下浑浑噩噩地过完一生,还不如另投他门。管仲看上去并不是习武之人,而巢广对自己的武艺又非常自信,有这样的想法也很自然。不过,管仲交给他们的任务却暂时阻止了巢广想离开的想法,巢广对公子小白和鲍叔产生了兴趣。

"诸侯国中亡命他国的事十分常见,但还不曾听说过这么诡异的。"

巢广开始了搜寻的工作,他对兄长巢画说,这个辅佐公子小白的鲍叔真是一位世间少有的聪明人。亡命是为了躲避本国的敌人,没能一起逃亡而继续留在本国的人受到敌人迫害的危险很大。可鲍叔谋划的这次逃亡行动不仅让自己消失得无影无踪,还把那些留下来的、有遭到迫害可能性的人也都完美地藏了起来。

"鲍叔确实头脑很好,有决断,也有执行力。不过,他最了不起的地方还是他的德行。"

兄弟二人在临淄及郊外四处搜寻时，巢画觉察到了弟弟内心的变化。来到齐国之前一直相对无言的两个人，如今又恢复了交谈。

"德行……"

"要让这么多的人一起逃出去，需要很多人的助力，而对他出手相助的人必须是不害怕残暴的齐公而且身怀侠气的人。这些人同情公子小白和鲍叔的遭遇，认为他们的逃亡是正义的。我觉得，是鲍叔自身的德行让他得到了众多的支持者。"

"原来如此，这个叫鲍叔的辅臣真的是越来越有趣了。要是当时周公大人也能像鲍叔这样就好了。"

如果在被灭门之前，周公也能带着子仪逃离的话，周公的那些家臣和他们的家人也就不会沦落到如今这般凄惨的境地了。思及此，巢广心情沉郁，也越发感慨于鲍叔的逃遁奇术。

巢画兄弟二人没有找到任何线索，只好先回来向糯垣复命。

新年过后，巢画、巢广兄弟二人再次开始了搜寻的工作。

他们感觉自己像是在与那个从未谋面的鲍叔一较高下。

巢广心中有一个疑惑。

"主人不是鲍叔的友人吗？管家的姐姐又是鲍叔的夫人，而且管家手下那个阿我的哥哥也在鲍叔身边效命。即使如此，他们也对鲍叔的下落一无所知吗？难道他们明明知道，却佯装不知？"

"你的意思是，与其在外面找，不如在家中打探？听说齐公是个绝不放过背叛者的人，被派去找人的肯定不止衙役，还有密探，这些人必然会紧盯着主人；而这些应该都在鲍叔的意料之中，所以在家中打探恐怕也是徒劳。鲍叔绝非寻常之人，正因为如此，他才会与主人成为挚友。能与主人比肩的人，可是万里挑一的。"

"兄长也太高看管先生了吧。他哪里有什么非凡之处，我一点也看不出来。"

"你不懂。你没注意到连儿手上的书吗？你嫂子的发簪是新的，你身上穿的这套衣服也是新做的，这些你都不知道吧。"

巢画知道管仲对他们的多般照顾，感受到了管仲的厚德。巢广沉默了。

"管仲竟然会讨好手下？"

虽然巢广在心中嘲讽，但是他一文不名地来到齐国之后，对生活的无奈变得更加敏感了。他沉默了一会儿，向巢画问道：

"主人查出公子小白和鲍叔的家人在哪里之后,有何打算?"

"如果他们需要,主人一定会暗中相助。"

"真好。他们还能互相帮助——"

巢广的脚步中多了一分坚定。兄弟二人把公子小白家周围彻底地调查了一遍之后,巢广叹了口气,说:

"他们既不能登天又不能入地,为什么就没有人见到他们离开呢?"

二人失落地回家了。巢氏一家住在管仲家偏院的三间屋子里。在当时,一家六口住在一起是很平常的事,而六口人住三间屋子算得上是厚待了。其他仆从在别的屋子用饭,他们一家四口同在一屋边谈笑边用饭。巢画以前手下有二十多人,还有十多个奴婢,不过他向来俭朴,并不向往奢靡的生活。重要的谍报工作他不会交给手下,而是亲力亲为。巢画的体力与心志足以忍耐穷困,他对于在齐国的生活没有任何不满。巢画告诉自己:这是一场重生的修行。

而且这场修行中并没有任何苦痛。管仲是百年难得的人才,自己正是在这样了不起的人手下做事。巢画有时也会对自己的心无杂念感到不可思议,不过他坚信,上天给了他一个把无法重来的人生从头来过的机会,他对坚定地抱着这个信念的自己充满奇妙的自豪。

不过——我还一点儿都没帮到主君。

巢画为此很不甘心。

巢画的儿子巢连听了叔叔巢广的疑问，说：

"蚁匿于地，鸟藏于林。"

巢广听了只是苦笑了一下，巢画的眼神却像是不愿意放过脑中闪现的任何一个想法一样。巢广觉察到哥哥的异样，略带揶揄地说：

"怎么了，兄长，人是不会像蝼蚁一样窸窸窣窣地藏在地里的吧。"

"先吃饭，待会儿再说。"

巢画眼中带着笑意。用过饭后，他开心地说：

"从明天起我们就要忙起来了。可能还需要借一辆马车，去东海那边。"

"兄长何意？也不说清楚，让人心急。你把想法揣在怀里，可是要闷坏的。"

巢广的眉宇间显出不满。

"他们既不能登天也不能入地，如果想藏到地下，那死人还方便些。"

"开什么玩笑。死了——"

"不是死了，是装死。听说，临淄出现了疫情。"

"啊？！"

巢广不禁低声叫了出来。听到这里，他终于明白了兄长的意思，不禁一拍大腿。那还是巢广自己打听来的消息，据说临淄有四十多人因疫病去世，这些死者被运到了东海那边焚烧。对于得疫病而死的人，衙役也不敢靠得太近，出城时通常不会检查得太严。鲍叔他们定是利用了这一点，让公子小白一家得以离开临淄，然后在前往东海的途中藏了起来。公子小白尚未成亲，自然没有孩子，所以几乎没什么家人。算得上家人的，只有小白生母的婢女们，小白的生母去世之后，是她们一直在照顾小白。

"公子小白与鲍叔也装死，逃到城外了吗？"

"公子小白的家臣大多是通过这个手法，但是尸首被运出城后，曾有人在都城内见过鲍叔，所以他应该是用了其他的方法。"

第二天一早，巢画把自己的推测告诉了橘垣，橘垣听得一时哑然。巢画向橘垣借了一辆马车，还领了一些盘缠。巢画让弟弟驾车，二人一起出发，找到了焚烧尸体的海隅，还找到了当时负责焚烧的村民。据那人说，共烧掉了十二具尸首。

"那就是说，有三十多具尸首凭空消失了。"

巢广低声对兄长说。巢画用眼神表示同意，而后他故意问那个负责焚烧的人：

"听说从临淄一共运过来四十多具尸首，为什么只烧了十二具呢？"

"不大清楚。不过，听说负责运送的人因为害怕染上病，半路就逃走了。没运过来的尸首可能是被沿路埋了吧。"

"原来如此，多谢相告。"

巢画给了那村民一些赏钱，回到马车处，微微笑了笑。

"负责焚烧尸首的衙役应该是奉了什么人的命令做了手脚。焚烧时，当地的衙役也会在场，所以必须在那之前处理完。"

"是鲍叔买通了那个衙役吗？"

"有可能，也可能是某个可以指使衙役去做这些的大人物参与进来了吧。"

"齐国之中有这样的幕后掌权之人吗？"

"哪个国家都有。周公大人不也是这样吗？"

回临淄的路上，兄弟二人仔细地打听情况，终于从一个村民那里听到了一些有意思的消息。据那个村民说，他见过一大队马车，另外还有几辆马车朝那一大队马车靠过来，数名女眷换乘了马车。而后，大队马车向南，小队马车向西，各自离去。此外，两日后有商人的货车经过，当时另有几辆马车等在一边，几名男子坐上了马车，也向南去了。

那个村民当时所在的位置，听不到马车那边的人说了什么。

"要是他稍微听到一两句，我们就能知道他们的下落了。"

虽然巢广有些不甘心，但巢画坚信那一大队马车和商人的货车肯定与公子小白和鲍叔一行人的失踪有关，于是兄弟二人回临淄复命。巢画先向糯垣详述了搜寻的过程，然后前去向管仲复命。

"都还只是推测，一个人都没找到，没有完成您交代的任务。"

巢画惶恐地说着。

"不，你们做得很好。"

管仲安慰了巢画，他见识了巢氏兄弟搜索情报的能力之强。管仲心中也有一个猜测，当他得知公子小白与鲍叔失踪后，脑中闪现出的念头是：高傒在背后相助。

齐国明面上只有一位国君，但其实齐公、高氏、国氏这三位都凌驾于全体国民之上，这是不争的事实。虽然齐襄公看起来大权在握，但他实际上对这二位上卿多有忌惮。襄公在命人搜查公子小白他们的下落时，为了照顾高氏和国氏的情绪，将他们两家及其封邑都排除在了调查对象之外。管仲知道这件事，所以他认为公子小白的近侍老臣和媵婢等的藏身之处，不是高氏的封邑卢地，就是国氏的封邑谷地。但这也都只是臆测，没有任何证据。虽然巢画也没找到证据，但他说不仅有衙役，还有商人协助鲍叔他们逃跑，这让管仲有些吃惊。他不曾对巢画说过，时常出入公子小白家的大商贾之一便是管仲的岳父梁庚。

"如果是岳丈大人的话，一定能镇定自若地帮他们办好这件事吧。"

鲍叔当时说的有事相求,可能正是想求梁庚助一臂之力。鲍叔与梁庚是旧识,自然可以自行取得了联系。梁庚什么都没对管仲说,就协助公子小白和鲍叔出逃。等自己回到温县之后,依然对此事缄口不提。

"果然厉害。"

管仲心中暗喜,等巢画退下之后,他叫来了檽垣。

"我知道你母亲、姐姐还有白纱等人的下落了。"

说罢,管仲命檽垣随巢氏兄弟一起前往温县。

这一年,齐襄公准备迎娶正室。

这位正室是周王之女,也就是王室的公主,在史书中被称为"王姬"。这场联姻是齐国打开孤立无援的外交困境的举措之一,应该是上卿高氏或者国氏一手策划并促成的。

但是,襄公完全没有娶妻的意愿。

他安排人暗杀鲁桓公之后,把心爱的文姜留在了齐国,没有让她回鲁国。对此,高国二卿肯定多番进谏,告诉襄公此事如何有损襄公的威名,舌灿莲花般地努力说服襄公理解联姻的必要性。

"迎娶王姬吗?"

襄公一脸不悦,但最终还是点了头。

周庄王接到齐国求娶王姬的请求时,也是考虑了各诸侯国的势力分布才答应的。诸侯无视周王，不经周庄王的许可便私自结盟，形成了各自的同盟圈，周庄王从旁观之，必定十分不悦；而齐国是位于这些同盟圈之外的大国，所以周王想以联姻的方式拉拢齐国。

但是，这就让王姬成了政治的牺牲品，背负了不幸的命运。

晚夏时分，王姬从周朝王都出发，来到负责主持大婚的鲁国[①]，在鲁国都城外搭建的旅舍中度过了一个秋天。王姬自幼长在王室深宫之中，对此前齐鲁两国反目以及齐襄公的性情等一无所知。不过，鲁国全国上下深恶齐国，她在鲁国住的这一段时间，从身边的近侍婢女那里多多少少听了一些令人不快的传闻。

"齐公竟是这样的人吗？"

王姬对未来的憧憬在一夕之间被打碎了，她变得意志消沉，郁郁寡欢。可即便知道了齐襄公如何暴虐，她也不可能取消联姻回到王都。自从作为周王之女来到世上那一刻起，她就注定无法依照个人的感情来行事了。

这一年冬天，王姬眼中含泪地来到了临淄的王宫。襄公只冷冷地瞥了这位新妇一眼，翌日便不再到王姬宫中。

---

① 在当时，王室和诸侯联姻的时候，王室不负责主婚，而是由同姓的国家来主婚。通常，王室嫁女的时候，先将待嫁的公主送到同姓之国，再由同姓之国将王室公主转送到要出嫁的国家。

"寡人要去攻打纪国。"

齐公说罢，便率军离开了临淄。但他在途经一处县邑时，解下了盔甲，将攻打纪国一事全权交给了高傒。这个县邑里也有一个眼含泪水的女人，那便是文姜。傍晚的旅舍中，文姜流着泪，语气虚弱地说：

"兄长迎娶了新妇。"

"王姬不过是个摆设。你比王姬要美千倍万倍。"

虽说是抚慰，但也并非虚言。襄公眼中只有文姜一人，但是他无法将文姜安置在齐国宫中，甚是苦恼。而文姜的苦恼更甚。文姜的亲生儿子成了鲁国国君，她抛弃了儿子，独自留在齐国，只为了与兄长的情爱。但是，她无法安然待在兄长身边，转而被安置在这里，只能创造机会与兄长相见。文姜像一个漂荡在情欲之海的流浪儿，浮沉不定。

不知何时就会沉入海底——文姜不可能没有这样想过，但她依然不提回鲁国，一直将自己置身于这样不安定的环境之中，又是为了什么？可惜历史没能敏锐地听到文姜的心声。不，不仅是文姜，还有嫁给齐襄公的王姬，她的心声也同样被迟钝的历史忽视了，她的喜怒哀乐都被埋葬在史书里。

"纪国的战事要是能拖得久些就好了。"

文姜怯怯地说。在齐军还朝前，文姜可以和兄长过着宛如夫妻的生活。不过，当年年末，主帅高傒就携战果来向襄公复命了。

"还会再见的吧。"

文姜声泪俱下。

回去的路上，襄公表情怅然地说：

"小白那个竖子会不会在纪国？"

有传闻说，公子小白一众向东而去。临淄以东是纪国，纪国东边是杞国，杞国再往东是莱国。莱国不曾参加诸侯国的会盟，是一个位于边陲的东夷小国。

"没有发现任何形迹——"

高傒答道。其实，在出师攻打纪国之前，高傒就已经知道了公子小白逃亡何处。

有密使从一个名为"莒"的国家前来，是小白派来的。莒国乃己姓之国，先前以温县为国都的苏国也姓己，苏国灭亡后，中原已经很难再找到己姓之国，就只剩莒国了。己姓是夏朝王室旁支，而鲍叔家姓姒，与夏王室本家同姓，所以莒国与鲍叔并非毫无关系。但对公子小白来说，却是流落到了一个与自己毫无瓜葛的地方。从纪国南下三百三十里左右（步行约十一日）便能抵达莒国国都，所以莒国与临淄的直线距离大约在百里。杞国也是姒姓之国，鲍叔他们本无须前往莒国，想来肯定是杞国拒绝接收公子小白。他们主仆一行人亡命在外，在东方各小国之间徘徊，寻求庇护，受尽冷遇，最终来到了莒国。不过，前来送信的密使并没有说他们在莒国得到了什么厚待。

"当真有必要做到这个地步？"

鲍叔暗中向高傒求助，高傒被鲍叔的高瞻远瞩打动，出手助小白及其家臣逃出了齐国，但是事后，高傒回过头来重新审视了这个决定是否正确。避开即将出现的祸乱虽然是明智之举，但是小白也因为逃亡在外而失去了公室成员的资格，如果以后错过了回齐国的机会，那最终就只能落得客死他乡。与其这样，还不如老老实实地待在齐国，说不定还有时来运转的可能。当然，高傒也明白鲍叔的担心。所谓老老实实地待在齐国，不过是旁观之人事不关己的风凉话，公子小白一直备受齐襄公苛待，他也许会举兵叛乱，鲍叔定是想到了这层危险。如果其他什么人举兵叛乱，公子纠趁机登上君位，到时应该会召回亡命在外的弟弟小白。这些也都在鲍叔的计划之中。

"但是真的会发展到那一步吗？"

高傒对鲍叔的预判半信半疑。

站在齐襄公的立场上看，这个一向不知真心如何的弟弟主动离开了齐国，逃亡他国，消除了他的顾虑，新嫁过来的王姬若能生下男孩，那公室便后继有人，也不需要太在乎小白究竟逃去了哪里。可尽管如此，襄公对小白的恨意还是一直不能释怀，这让高傒不得不重新审视齐襄公的性情。

"今后如何处置文姜是一个难题。"

襄公对恨意不能释怀，对爱情也一样不能舍弃。如果有关文姜的恶闻传入周庄王耳中，周王室与齐国公室之间就会出现嫌隙。因为与周王室的联姻，齐国的所作所为都被正统化，襄公若趁此时对诸侯示以威福，那么齐国的势力会得到飞跃般的提升。高傒这一番不为人知的苦心，是成是败，皆在襄公的一念之间，而最大的障碍就是文姜，这一点高傒十分清楚。

"最好的做法是让文姜回鲁国。若退而求其次……就不得不悄悄杀了文姜。"

做不到这样的谋划是无法坐稳上卿之位的。

但是，人的想象力总归是有限的。

第二年发生了一件让人难以置信的事。

七月，王姬亡故了。高傒大惊失色。从不曾听说王姬患病，所以这是暴毙。

"死因是什么？"

事情发生在宫中，真相难以查清。王姬突然离世，谜团重重，外人只能知道一些表面的情况。高傒选了一名使臣，带着讣报赶赴周王都。

"这样一来，齐国与周王室之间的联系算是断了。"

高傒无比失落。

正室夫人亡故，齐襄公却不见一丝哀伤。十二月，葬礼结束后，襄公去往一处名为"禚"的地方，与文姜相会。这简直是一次公开的密会。

"我的正妻只有你。现在不会再让你伤心了。"

对襄公来说,世间女子只有文姜一人。也许,只有文姜的娇肤玉体才能抚慰襄公的灵魂。

瓜熟时节

莒国来的密使还去见了管仲。

管仲读了鲍叔的书信,马上写了回信交给来使。考虑到密使被抓或者书信遗失的可能,文中没有写明确的姓名。以叔代指鲍叔之妻糯叔,以白代指白纱。当然,书信上也没有收信人的名字。

管仲之前已经察知是温县的梁庚瞒天过海,将鲍叔及公子小白臣下的家人都藏了起来。管仲派管家糯垣带着巢氏兄弟前往温县,寻问鲍叔等人的情况。梁庚一见糯垣便眼中带笑地说:

"我家贤婿可是长了千里眼吗?"

梁庚领着他们三人去了别院,糯垣亲眼确认了母亲和姐姐还有白纱等人一切安好后,回来向管仲复命。管仲从糯垣的汇报中得知,他们一众人逃出齐国来到温县的梁庚家,现在生活一切都好。所以管仲见到密使后,马上写书信向鲍叔详述了他们的情况。当然,莒国和温县之间肯定也有密使往来,管仲这么做只是要向鲍叔表示,关于这件密事,岳父梁庚不曾向自己透露过一个字。

管仲之所以让巢氏兄弟也一起前往,是因为他认为梁庚之前肯定见过他们。周公遇害之前，梁庚曾出入周公家。管仲问随檽垣一起回来复命的巢氏兄弟：

"岳父大人可曾对你们说了什么吗？"

巢画答道：

"梁老先生是这么说的。齐公风评太差，公子纠的名声也一般。枪打出头鸟，将先年亡命于燕的子仪（王子克）看作他山之石也情有可原。但公子纠如果一直不出言劝阻齐公的恶政，默默离开齐国的公子小白反而会被诸侯看作有良心之人，还请主人多小心。"

"这样啊，真是金玉良言啊。"

公子小白离开齐国之后，管仲深感自己被抢了先机，时常与公子纠的太傅召忽谈论是否该让公子纠诚心劝谏襄公。

"你是想让主人效仿微子启劝谏商纣王吗？"

召忽面露不悦。他是一个正义感极强的人，厌恶行事暧昧。所以在公子纠如何侍奉兄长一事上，他一直教导公子纠：

"只需效忠便好。"

换句话说，召忽认为，公子纠不可违背襄公的意思，不可插手政事，哪怕这样会招来外界的不满也必须忍耐。公子纠作为先君的次子，对父亲、对兄长都不可批评，这才算是孝行。尤其是当襄公周围动荡不安时，更要保持挚诚。劝谏襄公不过是小义，博取外界名声之心昭然若揭，而这会断送成为君主后继者的路，失掉大义。总之，召忽一心想拥立公子纠为君，认为这就是唯一的正义。所以，公子纠须继续韬光养晦为妥。管仲一直同意召忽的看法，但他在看到公子小白施奇术逃出齐国后，备受冲击，想法也发生了改变。

"主君若为君上所恶，亡命去鲁国亦无不可，诸侯也会支持主君。"

公子纠若鼓起勇气匡正襄公之非，那么深恶襄公的鲁国君臣定会成为公子纠的羽翼，而这会转化为驱使诸侯的领导力。若现在不有所作为，道义和名声将无可挽回。管仲将这些看在眼里，急在心头。公子小白的逃亡是在表明：

"我不满足于区区齐国公室一员的身份。"

公子小白将顺从襄公的公子纠看作暴政的后继者，定会显示出与之对决的姿态。也就是说，从公子小白出逃开始，君位的争夺战就已经打响了。认为只要不出头地老实待着，君主之位自然会落入手中，这未免过于乐观了。

"公子小白主动选择了一条难走的路，此乃心怀大志之人所为。我很是担心。"

管仲知道失了先机的不仅仅是公子纠，自己也被鲍叔甩在了身后。已然开始的君位之争同时也是两位公子身边辅佐之人的比拼。管仲之前一直轻视公子小白也是因为轻视了鲍叔，事到如今，鲍叔让人对他的先见之明与决断力刮目相看。现在，管仲已然处于下风，而召忽更毫无危机意识。

"可曾有过逃亡在外的公子回国坐上君位的先例？"

召忽认为，公子小白绝无可能重回齐国，保证公子纠不至于亡命在外才是辅臣最应该考虑的事。

不要教给公子纠多余的东西——这才是召忽真正想对管仲说的话吧。召忽总领内务，管仲负责外务，公子纠家中分工如此，管仲自然很难拉近与公子纠的距离。公子纠诸事都喜欢问召忽的意见，即使管仲提出与召忽相反的观点，也很难改变公子纠的想法。因此，管仲必须先说服召忽，但他说了很多次，召忽一直顽固不变。

齐襄公七年（公元前691年），齐国为了亡命于齐的卫惠公出兵伐卫。然而卫国君臣一心，对于齐国恫吓式的入侵早有防备，没有露出任何破绽。所以，齐国没能制造出任何可以让卫惠公回国复位的机会。对齐国来说，烦心事还不止这一桩。同年秋，纪公的弟弟归顺齐国，并将酅县献给了齐国。自此，纪国一分为二，而鲁国因此心怀戒备：

齐公拥立纪公之弟，想让他成为纪国的国君。

为了援助纪公，阻挠齐国的计划，鲁国催促郑国一起出兵，但被郑公以"国中有难"为由拒绝了。当时，郑国和齐国之间已经有使臣在暗中往来。王姬亡故，齐国与周王室之间的关系被切断，而与郑国建立联系，正是高傒为了让齐国不陷于外交孤立所采取的措施。出于同样的目的，齐国还将手伸向了陈国。陈公是刚刚即位的新君，同年陈国国丧结束，新君开始亲政。选择在这个节点埋下与陈国交好的伏笔，高傒的外交才能不可谓不超凡。然而，齐襄公的所作所为却让这位上卿的努力成为徒劳。

新年将至，齐襄公带着众多臣子赶往祝丘。他是为了去见文姜。祝丘有一城，建此城的正是文姜的夫君鲁桓公，祝丘自然也是鲁国的县邑。文姜现在住在这里，说明鲁国还是接受了这位鲁庄公的生母，但是不能将她安置在国都曲阜。也可能是当时年满十七岁的鲁庄公出于对生母的爱或是照顾，默认了她的恣意妄为。

祝丘是沂水东岸的一个县邑，若齐襄公沿沂水南下，便可顺路威吓莒国。莒国国都就在沂水以东七十里处，若襄公在沂水河畔下令，随行亲兵二日内就能抵达莒都，三日内便可对其展开进攻。如此想来，襄公此次出行既是为了与文姜相会，也是在得知弟弟的藏身之处后，有意对莒公施以威吓：包庇小白，你会有大麻烦！

莒公并没有特别优待公子小白，所以他没有觉察出齐襄公兵临国境是有意恫吓，自然也不曾前来相迎。对于此次襄公莫名其妙的远行，莒公左右之人皆认为：

"齐公是来与先鲁公的夫人玩乐的吧。"

"原来如此，齐公果然乖戾。若我是他弟弟，也会想逃出来的。"

莒公似乎有些懂公子小白为何会逃亡在外了。

也许没有任何人能理解齐襄公与文姜的关系吧。从不曾有女子像文姜这样，深爱着杀害了自己夫君的男子，并且毫不在意那个人是与自己血脉相连的兄长。后来，鲁国出现了儒学。与其说儒学是哲学，不如说是伦理学，它批判、抨击违背人伦之事，对人的境遇和命运没有丝毫怜悯，甚至不去探讨有违伦常的文姜作为普通人的内心层面，就连本应抛开一切伦理道德、不带偏见地洞察事实的历史学家，在文姜面前也毫无作为。没有人理解文姜。文姜公然密会襄公，既是对周围人的报复，也是对那个时代的反抗。

二月，文姜在祝丘迎接了齐襄公。

与此同时，纪公决定将君位让于逃至齐国的弟弟，自己离开纪国。他并非要带着臣民一起离开，在别处另建一国，只是想带着家人一起到他国隐居，事实上他也是这么做的。被留在国都的臣民们只得等着纪公的弟弟与齐襄公一起前来。他们对离开纪国的纪侯充满了敬慕，而对即将到来的新君并无期待，臣民们三三两两地离开了国都。随着时间流逝离开的人越来越多，及至夏，几乎每日减少四五十人，直至晚夏，纪都已空。国民不在，国亦不国。

齐襄公来到萧条的纪都，意味深长地仰天叹道：

"寡人已报先祖之仇，足慰先人矣。"

而后他看向随行的史官，示意将此事记录下来。

原来，齐国与纪国之间有一段宿怨。

齐国建国始祖太公望是齐国初代国君，第五代国君是齐哀公（不辰）。或许是因为齐国与纪国相邻，时常在国境上起纷争，也或许是为了在周王面前争宠，当时的纪公曾向周王进谗言，控诉齐国：

"齐公沉迷田猎，不问政事，全无体恤国民之心。"

这究竟是不是事实并不重要。齐国自周王朝建立之初便奉命监察东方各诸侯国，周成王（周武王之子）还授予了齐国"可伐有罪诸侯"的特权。

所以，纪国本应在齐国的监管之下。在不能证实齐公过错的情况下便到周王面前控诉，此乃僭越之举。何况纪国的控诉还是对齐国的构陷，他诽谤齐公悖德，完全是恶意中伤。这一谗言是如何产生的现在已经无法查知，总之这招致了周王的怒火，齐哀公被处以烹刑。从那以后，齐国公室之人自幼便知道，"哀公是为纪公的谗言所害"，他们对此坚信不疑，痛恨纪国。伐纪、灭纪是齐国历代国君和诸位公子的夙愿，但是谁都不曾完成这个心愿，直至襄公这一代。

襄公曾命人卜卦："寡人欲向纪国复仇，算一算此行将会如何？"按照当时的惯例，占卜国家大事要用龟甲，而不是筮竹。占卜师用火烤龟甲，凝视其裂纹，而后说：

"师丧分焉。"

意思是说，若举兵攻纪，则齐军兵力减半。也就是说，齐军的死伤会多到让兵力减半。襄公听了，没有表现出不悦，反而坚定地说：

"若大仇得报，即使卦象说寡人会死，也不算不吉。"

然而事实上，纪公的弟弟归附了齐国，兵力减半的是纪国，襄公不损一兵便攻入了纪都。襄公来到纪国宫中，见堂上停着一具棺椁，皱眉问道：

"那是——"

左右近侍被问得面面相觑。那具棺是用最高级的楸木所制，外面还装饰了漂亮的棺衣。众人都不愿上前探看棺中是什么，正在犹豫之时，站在后面的高傒说：

"大约是从鲁国嫁过来的伯姬。听闻她于三月亡故，殡葬未竟，而纪国君臣俱已离开，故停柩在此，未及下葬。"

襄公点了点头，说：

"那我来帮她举丧，给她下葬吧。"

襄公意外地表现出怜悯之情，代替已经离开了的纪公举行了葬礼。想来，这大概是襄公仅有的一次善行。

总之，齐国一举拿下了纪国，打开了向东挺进的道路。

同年冬，襄公终于见到了文姜之子鲁庄公。

襄公与庄公的会盟之地在"禚"，正是两年前襄公与文姜密会的地方。但是《春秋公羊传》和《春秋穀梁传》中所记载的会盟地点是"郜"。据说禚和郜其实是同一个地方，只是叫法不同。该地位于济水西岸，从那里向西南便是卫国国都。此次并非正式会盟，据鲁国史书《春秋》所载：

> 冬，公及齐人狩于禚。

这看似是鲁庄公与齐国的大臣在禚城一起田猎，其实此处所谓"齐人"并非齐国大臣，而是襄公。鲁庄公对齐襄公的感情非常复杂，这次会盟应该并非庄公所愿。当时，鲁国外交陷入困境，庄公的生母文姜成了齐襄公的情妇也是不争的事实，若两国关系持续恶化，只会带来不利。在这样的认知下，齐鲁两国的关系拉近了。庄公当年已经十七岁，他开始慢慢从齐襄公的杀父夺母之仇中走出来，意识到一国之君不能有私情，作为一个政治性的存在，他学会了抹杀自己的情感。奸臣往往怂恿君主的感性，而良臣会理性谏言，鲁庄公表现出了听取良臣进言的气度。

齐襄公对自己情人的儿子展现出了意外的温柔。但鲁庄公心里清楚：

恨人者，亦受人恨。

所以，庄公将自己的感情完全隐藏起来了。这位少年君主长得与文姜很像。

"明年，寡人将为卫公出兵，还望鲁国同往。"

"鲁国虽力微，亦当随行。"

庄公坦然回应。齐国在距卫国不远的地方举行相当于军事演习的田猎，其中的深意，鲁庄公不会不明白。

"这孩子心性不错。"

齐襄公对鲁庄公越发抱有好感。

于是，翌年冬，在齐襄公的主持下，诸侯举行了会盟，齐、鲁、宋、蔡四国联军举兵攻卫。

"无论如何都不许后退！"

齐襄公意气昂扬地发起进攻，但卫国的防守也很牢固，四国联军没能在短时间内取得什么进展。第二年伊始，周庄王手下一位名叫子突的高官率兵前来助卫。此举应该是在彰显周王心中的不悦：不可未经周王允许擅自举兵。

战局陷入胶着，直至春末，联军一方依然看不到胜算。如果联军统帅齐襄公的性格中缺乏韧性，不愿空耗兵粮军资，也不想将诸侯的兵力长期困束于此，就会向诸侯宣告："下次再战——"，并解散联军。但是，齐襄公的执念很深。心知如果此时撤退，就会在诸侯间失去威信，想要再次集结联军恐怕就需要数年的时间了。不带任何战果而归，有损一国之君的威严。

当时，管仲随公子纠一同在战场上。虽然管仲不曾指派巢氏兄弟进行谍报工作，但是他们二人主动带回了确切的情报。巢画汇报说：

"近畿那边一直在向卫国运送粮草。已经交战四月有余，卫国一直粮草丰盈的原因就在于此。"

"近畿城邑都在周王管辖之下,这就是说,周王在暗中援助卫国。若诸国联军断其粮道,战况必会生变。"

管仲马上向公子纠进言。

"明白了,我去说服高傒。"

公子纠深知管仲长于军事谋略,他没有直接向襄公进谏,而是选择与辅臣高傒商量这种更为稳妥的方式。

"截获的粮草直接交给各诸侯军,这样一来,相信各位将领都会答应吧。"

"原来如此,实乃良策。可以让诸侯军去堵粮道,齐军独自进攻卫都。若依靠诸侯军进攻,恐怕等到明年也没个结果。"

高傒微微一笑。齐襄公对文姜之外的女子都没有兴趣,公室难有后继子嗣,襄公之后势必会由公子纠继任君位;而高傒作为上卿,不得不对可能成为下一任国君的公子纠有所顾忌。而且他也清楚,公子纠家的对外事务是由管仲负责的。

公子纠和高傒将这个计策传达给了襄公,襄公不会无视高傒的建议,正巧当时亡命于齐的卫惠公也在场,他得知周王暗中助卫,高声怒斥:

"周王不明大义!"

此言不虚。如今正在卫国负隅顽抗的人,是通过非常手段将原卫国国君卫惠公驱逐出去的,而卫惠公才是先代周王认可的国君。周庄王阻挠卫惠公,援助叛乱者,这无异于亲手否定王室行为的正当性。

"我等并非效命于周庄王这个庸才,无须理他。等断了他们的粮道,就加紧向卫都进军。"

襄公立下豪言,向诸侯军下达了命令,之后静静地等了一个月。卫军得知援军和粮草都到不了了,军心开始动摇。管仲对这一切情况了如指掌,他每次分析完形势都会向公子纠报告。

"管先生真神人也。"

公子纠带着惊讶笑道,他真切地体会到了在信息战中占上风,会对实际的战局带来多么有利的影响。高傒开始频繁地出入公子纠的营帐。每次都是召忽和管仲接待他,有时高傒也会直接询问他们二人的意见。

"我军士气渐弛,差不多是时候发动进攻了,足下有何高见?"

高傒盯着管仲。

"需要让卫国君臣看到我军士气松弛。臣以为,可以在君上的营帐中举歌奏乐。若半月后敌军仍不攻过来,君上可以明言撤兵,后退一舍左右,再于夜间返回,直取卫都。"

管仲对答如流。

"妙啊,我果然比不上你有谋略。"

高傒眼中带笑,内心想的却是:他已经考虑到这一步了吗?

高俅对管仲的奇谋惊愕不已。襄公在断了敌军粮道之后依旧按兵不动，是在等敌军倦息，而己方兵士不知其中深意，也渐渐开始出现疲态。如果我方将士大半认为差不多该撤兵回国了，敌军看着诸国联军一味陈兵阵前而迟迟不攻过来，定也已然心生倦息。若此时联军解散，各自撤退回国的话，敌方的防守必然会松懈下来。

高俅来到中军帐中，献上此计，还向襄公推荐了随军前来的伶人。十日后，高俅吩咐手下放出消息，说"卫国难攻，我军不日将撤"，诱使敌军相信这个假消息。襄公还派使臣前往诸国将领处，通知说数日内将解散联军。

"齐公终于要回去了。"

卫国的首脑公子黔牟、大臣宁跪、辅相左公子泄和右公子职等人，眼见国难得解，内心欢喜，向周王派来的援军将领子突表示了感谢。

六月，齐军撤兵。

卫国诸将接到这个吉报，以为长期以来的防守战终于结束，纷纷解下了铠甲。他们丝毫不曾想过齐军会在夜里杀回来。黎明时分，彻夜未眠的齐军红着眼睛杀向了卫国都城。齐襄公不曾在战场上用过计谋，所以卫国诸将都大意了。

得知齐军直奔卫都而来，诸侯联军众将也是大吃一惊。鲁庄公在撤退后的第二日得到了这个消息，紧急掉转行军方向，催兵向卫都赶来。但赶到卫都的时候，齐军已经攻破城门，在城内展开了激烈的战斗。

当时身在卫国宫中的公子黔牟得知齐军袭来，在宁跪的护卫下逃到了城外。而后一路狂奔，追赶已经带军返回的子突，寻求援助。

"我们被齐公耍了。"

子突不由得仰天长叹，事到如今，已别无他法，只得带着公子黔牟和宁跪一起返回周王都。当时卫都和卫国宫城已经在齐军的控制之下，左公子泄和右公子职奋战而亡。这二人是将卫惠公驱逐出国的元凶，卫惠公见到他们的尸首，略带苦涩地吐出一句咒骂：

"不忠的东西！"

八年的流亡生活，其中的痛苦与无奈只有卫惠公自己清楚。对于将本是正统君主的自己驱逐出去的罪魁祸首，他自然是无比憎恨，而周王居然认可他们以此等不当手段取得君位，惠公心中对他的怨恨也绝不会少。

"周王行事不端，不久，诸侯便不会再敬重周王室了。"

惠公在心中期待着一位能够总领诸侯的盟主出现。

鲁庄公的生母文姜也算是鲁国国母，她与齐襄公之间的丑事没有受到任何责问，而是得到了特殊的待遇。

文姜也终于意识到自己是一个母亲，对自己的儿子庄公渐渐有了感情。当然，这感情不是她单方面自发产生的，而是在回应庄公对她的感情。她对于可以自由往来于齐国和鲁国之间的生活十分满意。

见齐襄公成功助卫惠公复位，意气风发地凯旋，文姜说：

"请别忘了同儿的功劳。"

"同"是鲁庄公的名字。

"哦哦，鲁公之功非同小可。"

这并非客套。单就军事方面来说，齐襄公的用兵才能不凡，可以快速洞悉诸将在战场上的进退是否得当。鲁军虽非劲旅，但在鲁庄公的带领下也打得很有章法，很好地完成了齐襄公委派的任务。因此，同年冬，齐襄公派高傒前往鲁国，将从卫国抢来的金银财宝送给了鲁庄公。

鲁国国民的感情如何姑且不论，齐鲁两国的友谊算是得到了修复。让两国关系断绝的是文姜，让两国关系得到修复的也是文姜。文姜可以随意地促成鲁国与齐襄公的会盟，她身上开始有了外交色彩，宛如鲁国的大使一般。若鲁国对齐国有什么要求，只要通过文姜，就一定能达成。

春天，文姜被齐襄公邀请到一处名为"防"的地方（鲁国领地）。

襄公不在齐国都城的这段时间，管仲重新整顿了公子纠获封的食邑。此时的公子纠府中可谓一派盛况。家臣数量大增，管仲的身价相应高涨。负责管仲家中大小事务的糯垣已经三十岁了,他手下也有了以阿羡为首的十来名奴仆。管仲身边的近臣阿枹和阿朱以及巢氏兄弟手下也分别领着数名家仆。最初对管仲心怀不服的巢广在管仲身边日子久了,也开始衷心地仰慕管仲,甚至时常不甘地说:

"主人远胜太公望,公子纠却不似周武王,实在是可惜。兄长所说的光辉究竟是什么?上天是不可能将光辉投射到一个仅能做公子家臣之人的身上的。"

"主人未必会始终是一个陪臣。若一切顺利,公子纠继位齐公,那么主人就是大夫,甚至是上卿。"

"顺利——兄长觉得这就是顺利的情况吗?"

"不……就像你说的,那只是表面上的顺利。前日,主人交给我一个奇怪的任务。"

"我怎么不曾听说?"

"你跟在主人身边听命便好。那个奇怪的任务,是让我确认前往鲁国的山路是否安全,还让我在沿路结识些人,做好保全家财、迅速搬家的准备。"

巢广难掩吃惊之色。

"难道是要逃去鲁国?"

"任谁都会这么想吧。"

"殿下开始厌弃主人了吗?"

"相反,殿下越来越信任主人了。"

"那是主人和召大人之间有什么嫌隙?"

"他们二人一直互相敬重。"

"那为何要逃？"

"我怎么知道。主人自有打算，你只要好好守着主人。我有我的任务。"

之后，整个春天里，巢画时常外出。到了夏天，管仲回到宅中，与檽垣一起听了巢画的汇报。倍感不解的不仅是巢画一个，檽垣也皱着眉头，一脸求教的表情。

"依下臣看来，这似乎是在为逃亡做准备……"

"不是为了我，是为了殿下，未雨绸缪罢了。"

管仲意味深长地说。齐国国中并没有什么不稳的动向。国主齐襄公助卫惠公归国复位，在诸侯之间的声望得到了提高。虽然他与文姜之间还保持着不正当的关系，但也没有招来什么非议。管仲在意的是，襄公对公孙无知日益刻薄，而对公子纠却日渐恩重。这就好像是把公孙无知的东西抢了来，拿给公子纠，公孙无知可能会把怨气撒到公子纠的头上。

"公孙无知可能会突然来袭，还是小心为好。"

管仲告诫召忽。召忽似乎也有着同样的担心，他说：

"听闻公孙氏风评很差，君上索性将公孙赶出国为好，我们殿下没道理受埋怨。虽说如此，但公孙并不是一个讲理的人，还是小心为好。"

召忽加强了公子纠的护卫，增加了门卫的数量。

同年七月，齐襄公叫来连称和管至父二将，命他们守卫位于临淄西北的葵丘。当时襄公说：

及瓜而代。（《春秋左传》）

七月瓜熟，襄公的意思是让他们等到明年瓜熟之时回来换防。

"臣等领命。"

他们二人奉命出发了。但是谁也不曾想到，这个任务会给齐襄公带来杀身之祸。

同年冬，襄公与文姜在名为"谷"的地方幽会。而这也成了他们的最后一面。

贝丘有异

齐襄公共在位十二年。

执政的最后一年是公元前686年。从这一年年末至第二年年初，齐国国中动荡激烈，两度出现国君夺位之乱。

不过，对于这段历史的当事人来说，那一年直到夏天为止都十分太平。

同年夏，齐国出兵进攻了一个名为"郕"的小国。管仲随公子纠自临淄出发，但檽垣和巢氏兄弟没有随军，因为公孙无知作为留守将领之一留在了齐国。通常，国君作为主帅带兵出征时，中坚力量应是公室族人所带的军队。但是，襄公却不要公孙无知的兵力，让他留守齐都。管仲得知此事后，心中生出不好的预感：这部署欠妥。

襄公自亲政以来，行政和军务上多有混乱。赏罚不公，纲纪靡乱，近来这些情况越发严重，对此心怀不满的人不在少数。据巢氏兄弟打探来的消息，其中一些过激人士已经开始出入公孙无知的宅邸。

襄公离朝期间，国都会变成一个阴谋场。

最糟糕的情况可能是公孙无知起兵造反，掌控宫城，紧闭城门，阻止襄公回朝。到那时，公子纠一族乃至公子纠的手下及其家人都会被杀。当然，管仲把这个不祥的预感告诉了召忽，商量对策。

召忽也不是迟钝的人。

"我留下来，殿下就交给你了。"

召忽这样说着，开始着手准备应对都城内可能出现的异变。暗中诟病襄公为政的人中，没有一个前来与公子纠结交，因为公子纠被视同襄公一党。襄公身边近臣也并不都是愚鲁之人，自然也将公孙无知暗中结党之事报告给了襄公。公孙无知若有叛乱之行，襄公定会马上除掉他。届时，襄公也许会下令让公子纠去铲除公孙一门。

"这样一来，齐国内政便能恢复平静吗？"

管仲的预感并不乐观。这些推测都没有从公孙无知的立场来思考。公孙与他身边的谋士所制定的计谋一定更为隐秘，更为严谨，更易于得手。

在抵达战场之前，管仲满脑子想的都是这件事。他将自己假想成公孙无知的谋臣来思考。

"君上离开国都期间，我不会举兵。"

想到这里，管仲的思绪终于平静了下来。襄公人虽不在齐都，但仍手握兵权。按常理来说，即使公孙无知控制了都城，等到齐军大军还朝，他也未必抵抗得住这支军队的攻势。

终于，管仲将心神收了回来，眼前的形势也变得清晰起来。

在郕国附近，齐军与鲁庄公所率军队会合，齐鲁联军一起攻打郕国。郕国这个小国是周文王之子叔武的封地，至今为止，国家的规模不曾扩大也不曾缩小。古代国家的形态不是面状，而是点状的。一个邑县就可以是一个国家。郕国位于鲁国首都曲阜西北边，鲁国一直想攻下这个国家，而齐军是来援助鲁军的。

齐鲁联军包围了郕国，郕国立马摆出投降的姿态，但郕国所派的使臣没有去鲁庄公处，而是去了齐军的大本营。这无疑是在表示郕国愿意归附齐国。

但是，此次联军的主体是鲁军，领兵之帅自然应该是鲁庄公。齐襄公作为辅助部队的主将，将前来示降的使臣领到鲁军大本营才合乎礼数，可是襄公并没有这么做。襄公说：

"郕欲降齐？善。"

襄公没有知会鲁庄公，让齐军进驻了郕国邑县。鲁庄公的弟弟庆父得知此事后，勃然大怒道：

"齐军无礼，攻之！"

鲁庄公却很冷静，他意味深长地说：

"罢了。是寡人无德，齐军何罪之有，罪在寡人。《夏书》中有云：'皋陶迈种德，德乃降。'今后寡人要勉力修养德行，以待其时。"

虽然鲁国的传统思想认为无形之德有着无穷的力量，但这番话出自一位二十一岁的年轻国君之口，也实在是惊人。

鲁庄公一直受到齐国的武力威慑，这番话证明他对力量究竟是什么有着自己的思考，并且从侧面批判了襄公。

齐鲁联军于同年秋各自还朝。

鲁军于初秋时分回到鲁国都城，而齐军回到临淄时已是仲秋。

郕国归降，齐襄公的心情自然不错。

当时已经过了瓜熟的季节，襄公却不以为意。去年，襄公让连称与管至父二人前往葵丘戍守，当时他说：

"及瓜而代。"

但是攻打郕国的时候，襄公自然是记不起这回事的，直至回到临淄也不曾记起。连称与管至父并非身份低微的戍守官兵，而是齐国朝堂上赫然在列的大夫。葵丘是防御夷狄入侵的要塞，但戍边是一个枯燥的任务，他们二人这一年中每天打着哈欠，度日如年。然而，一直到了七月，他们也没有接到换防的通知。

"换防之事要等国君回到临淄之后了吧。"

二人自我安慰地想着，心中却不能平静。其实，这二人已暗中与公孙无知勾结。可能是因为勾结之事败露，才被襄公派到这种闲职上的。他们担心长此以往，会一直被晾在这里无人问津。所以当他们听说襄公回到齐国之后，马上派人回去请示。

"瓜熟时节已过，二位大人想结束戍边回来换防，请君上安排换防之人。"

襄公听了一脸不悦。

"他们是想对寡人指手画脚吗？下命令的是寡人，不许换防！"

来人被襄公大骂一顿，回去复命了。

等在葵丘的二人疑心生暗鬼，听了这汇报，以为看明白了襄公的真意。

葵丘是一个无形的牢狱。

又或者，这就是谪戍。襄公死前他们都不可能离开这里了。既如此，二人决意：

"干脆弑君吧。"

但如果他们擅离职守，从戍地回临淄时就会被捉。要杀襄公，还需让身在临淄之人动手。

"现在，只有让公孙当上国君才行。"

于是，他们派密使去往公孙无知处。公孙无知得知连称与管至父二人手下有一旅之兵可随时为他效力，马上召开密会，确认了愿随他叛乱的朝臣和兵力。

"可成五旅。"

公孙无知看到了希望的曙光。一旅有五百人，五旅就是二千五百人，也就是一个师了。虽然也有性急之人认为：

"可即刻举兵。"

但是公孙无知没有点头,他说:

"瓜已熟,而时机未熟。需待其腐而自落,可不劳而得。"

他下令待命,还给在葵丘的二人送去了一首诗:

> 约之阁阁,椓之橐橐。
>
> 风雨攸除,鸟鼠攸去,君子攸芋。

公孙无知以诗暗示二人,马上就会建立一个新的齐国,让他们暂且小心待命。

若想掌握襄公的日常起居和行程安排,身在宫外自然不便,而公孙无知又不可能进入宫中。不过,他从连称那里知道了一个女子的存在。

连称的表妹身在襄公后宫。

在公孙无知的安排下,连称的表妹回了一趟娘家,公孙无知在连称家见到了她。

那女子美貌无比——这实在是令人意外。美貌至此也依然无法得到襄公的宠爱。公孙无知实在不知文姜到底有什么好,竟让襄公对后宫佳丽毫不动心。

"连氏,你可知自己为君上所厌,受到冷落?"

"妾身知道。"

"你可知君上是无情之人,众多大臣都境遇悲惨?"

"妾身知道。"

"我想要取代他成为君主，你觉得如何？"

"妾身以为此乃正途。"

"那么，你助我一臂之力。事成之后，封你做夫人，如何？"

"若蒙大人立誓，妾身当以微力效之。"

"你很聪明。我现在就给你立下字据。"

公孙无知展颜，杀鸡取血，写下了誓约。之后，这女子若无其事地回到后宫，开始不断将有关襄公的消息传递给公孙无知。

九月末十月初，公孙无知接到从后宫传出的消息，不由得大叫一声，神色严峻了起来。

"时间到了——"

据回报说，襄公十二月将要出游。一位谋臣提议说：

"君上若往济水之畔，来回途经葵丘附近。让连称和管至父突袭，如何？"

公孙无知沉思片刻后，说：

"襄公此次出游并非私会文姜，恐怕是田猎。若是如此，随行士兵众多，不如等他田猎结束，带兵回来时偷袭。让连称和管至父静候襄公返程，率戍边官兵从葵丘尾随其后。"

说罢，公孙派密使将这道命令带往葵丘。

公孙形迹可疑——巢画接到手下来报，回禀管仲：

"公孙近日恐怕将要举兵造反。"

"这样啊……"

管仲一脸忧虑地来找召忽,问道:

"公孙好像有行动,现在还不能确定。如果公孙打算弑君,一定会举兵进攻宫城,他没那么容易攻得进去。本月或者下月中,可有什么大型祭祀或者特殊集会?"

召忽有些吃惊,说:

"若公孙起兵叛乱一事属实,应告知君上,防患于未然。让殿下去面见君上,如何?"

公孙无知的存在对公子纠来说也很棘手。要是襄公索性将公孙无知放逐出去就好了,这是召忽的真心话。

"如果消息属实自然没有问题,但是现在无法确定消息真假,单单因为可疑就面君指责公孙,就是进谗言了。况且,直觉告诉我君上身边有公孙的眼线,殿下告发公孙的话,肯定会马上被公孙知道。即便现在什么也不说,公孙也痛恨我们殿下,如果对他出言中伤,贼人必定兵戈相向,届时恐怕难以脱身。与其如此,不如让殿下等公孙举兵时相助君上,击退叛贼为好。如若不成,就只有逃离齐国了。"

管仲希望公子纠继任君位的想法与召忽一样迫切。设身处地地为公子纠设想登上君位前前后后的事,选择最佳的道路,这才是公子辅臣的使命。公孙无知虽然风评不好,但是作为君主的襄公风评更差。如果公子纠辅佐这样的昏君击退公孙无知，一定会蒙受恶评。

"这是不得已的事。"

管仲清楚，现在的情况不允许持身中立、袖手旁观事态发展。

"我不想让殿下离开齐国。"

召忽认为，一旦公子离开齐国就很难再回来了。

"如果我方先声夺人攻打公孙，事后会招来国民的怨怒。要让公孙先出手，而后我们反击才好。但这样的打法恐怕难以取胜，所以我们要设伏兵，牵制对方的行动。"

"原来如此。如果能知道公孙何时起兵，我们也好应对。"

"全力打探吧。"

管仲派家臣前去打探公孙无知所谋的具体情况。

很快他们便得知，公孙无知与戍守在葵丘的连称、管至父二人之间有密使往来，还知道了襄公十二月要到济水之滨出游的事。檽垣将这些信息汇总带回，神色严峻地向管仲表达了自己的看法：

"公孙及其党羽可能会趁君上出游时偷袭。"

公孙无知应该会让连称和管至父以及追随他们的人偷袭襄公，而公孙自己则在临淄举兵攻入宫城。

"只有这个可能。"

檽垣断言道。若只带着数十名臣下的襄公被数百兵力偷袭的话，自然毫无招架之力。不过，如果是到济水之滨出游，那应该是去田猎的。若如此，随行之人应有数百。管仲不同意檽垣的看法，单独叫了巢画前来，问他：

"你怎么看？"

管仲在预判上还有犹疑。

"追随公孙的大夫与国民不在少数，再加上他手下的兵力，臣估计恐怕多达三千。他可能会让两千兵力偷袭君上，剩下的一千去攻宫城。如果殿下事先带五百兵力在宫城各门防守，应该可以抵御公孙三日；而那两千兵力弑君之后回到都城，势必要攻破某处宫门。所以，最好能请高氏或国氏派兵相助，他们二人应该各有一万兵力，急调三千兵力应该是没问题的。"

巢画明确地回答道。

"如你所言。我作为殿下的家臣，需行最善之策。"

管仲马上前去拜访高傒，请求面见，但他被出门相迎的家臣婉言拒绝了。

"家主身体不适，还请大人改日再来。"

"这位上卿已然察知了公孙的谋逆之意。"管仲心想。

也就是说，高傒的态度是，即使公孙无知举兵叛乱，那也是公室的内部斗争，他打算作壁上观。直截了当地说，襄公与公孙无知在国民中的风评都不好，不论协助哪一方，都有伤高氏门楣。

"国氏的态度也是一样吧。"

管仲心情郁郁地叩响了国氏家的大门。

"家主不在宅中。"

吃了闭门羹。管仲双手交叠在胸前,沉思着。当晚,他再一次去见了召忽,二人商量决定:

"要让公子随襄公一起出行。"

他们判断,只有拼死守住襄公才有活路。

刚入十一月,襄公便出发了,比原定的时间要早。

公子纠被允许随行,他讲了各种各样的理由劝襄公提前了出发的时间。这是管仲的主意,是为了打乱敌方的计划。

公子纠带了三百随从,示意手下众人随时整装以待。这次管仲仍旧让召忽留守,自己随公子纠出行。他命檽垣和巢画留守家中,叮嘱妻子梁娃道:

"我把阿枹留给你,万一有事,就让阿枹带你回娘家。"

他给她指明了逃跑的方向。梁娃不安地看着丈夫。

"公孙定会举兵,只要小心应对就不会有事,我也不会有事。"

管仲安慰着妻子。临出发前,管仲接到阿朱的报告,确定公孙无知要举兵无疑。

"即使知道也不能防患于未然,这又是为什么?"

管仲深感无能为力,向阿朱问道。阿朱已届中年,头发花白。他面容沉稳，言语间也毫无慌张。对于曾一度为奴的阿朱来说，这种程度的苦难还不足以让他狼狈慌张。

"若除掉公孙可免此祸，臣愿往。"

他神色平静，说出的话却不可谓不激越。管仲瞠目。

"不，是君上让公孙变成这样的，这个公孙死了也还会有第二个、第三个公孙出现。为了彻底消灭公孙，必须讨伐君上。等时机到了，不劳你动手，我自己来。"

管仲也是一脸平静，说出的话也不可谓不壮烈。

管仲随公子纠一起出发了，巢广任车上武士。

襄公身边随行的有一千五百人。这样的话，即使二三千兵力来袭，也不至于当即溃败。管仲将巢广和阿朱安排在左右两边，让他们与留守临淄的檽垣和巢画保持密切的联系。他还向公子纠进言，让公子纠派身边近侍与召忽保持联系。

"来吧，我随时奉陪！"

管仲在心中对公孙无知喊道。

襄公一行人沿着渑水岸边前行，行至一处名为"姑棼"的地方停了下来，选定此处作为行游之所。

管仲预计去程不会发生什么事，事实也果然如他所料。但管仲对公子纠说：

"从现在起要格外小心。"

公子纠神色严肃地点了点头。不久，一行人行至贝丘（沛丘），准备在这里举行田猎。田猎同行军打仗一样，要排兵布阵。公子纠奉命带领右翼兵力，离开了襄公亲自坐镇的中军。也就是说，中军只剩下几百人。巢广心思敏锐，他对管仲说：

"敌方若要举兵来袭，唯有此刻。"

管仲也这么认为，于是他穿好了铠甲。这时，阿朱神色不解地前来汇报：

"公孙那边突然没了动静。公孙府邸大门紧闭，几乎无人进出，府内也不像是有兵力待命的样子。"

管仲沉思片刻，对巢广说：

"这看起来似乎越来越奇怪了，不是吗？"

"这是暴风雨之前的宁静。公孙举兵，不在今日，便在明日。"

田猎之阵的左右两翼于破晓时开始行动，四周鸟兽惊起。管仲乘着点有火把的马车驶向林中。

"敌人就藏在暗夜中的某个地方。"

他心里想着，用力盯着前方，全身上下都有一种感觉——今天会成为改变命运的一天。

确实是改变命运的一天。

天亮之前，中军部队开始缓慢地行进。襄公在马车上看到了日出。头顶飞鸟成群，地上有只孤零零的小兔子正拼命地奔逃，东面没有野马，只有牛和猪。

田猎时收获的多少取决于车夫车技的优劣。襄公所乘马车的车夫发现襄公对飞鸟没有兴趣，偏爱猎走兽，于是稍稍加快了车速。襄公连射数箭。过了一会儿，车夫像是受到了惊吓，突然勒紧了手中的缰绳。襄公被晃了一下，怒斥车夫：

"蠢材，那边——"

车夫眼前出现了一头巨岩一般的野兽，是一头大野猪。车夫有些害怕，脱口而出：

"那定是公子彭生。"

公子彭生是一个身形巨大的壮汉，他奉襄公之命杀害了鲁桓公，在鲁国的强烈抗议下，被处以了死刑。眼前的这头大野猪在车夫眼中看来就像是公子彭生的亡灵。

"彭生怎么会出现在这里？"

襄公怒斥，快速用箭射向那头大野猪。突然，那大野猪像人一样站了起来，还发出怒吼。大野猪龇着尖牙张着利爪扑了过来。马匹受到惊吓，车身倒向一边，车夫扔下手中的缰绳，跌落在地。襄公也摔伤了，腿上流起血来，脚下的鞋子也不见了。他命令从旁经过的马车：

"扶寡人上去，回临淄。"

襄公抛下随行众人离开了。不久，随行之人才发现此事，犹豫再三，开始从后追赶，但是在贝丘行猎的人大多没有得到消息，不知道发生了变故。贝丘距临淄约六十里，步行需两日，乘马车一日就能到。

葵丘那边的连称和管至父奉命打探襄公的情况，得知田猎突生变故，襄公身边近侍一片慌乱，襄公正与少数的随行之人一起赶回临淄。

"天赐良机，就是现在。"

连称和管至父带着手下的士兵离开了葵丘。已经没有回头路了，若不能杀了襄公，他们就会被杀。

管仲得知襄公已经不在贝丘时，日头已经高悬中天。

他抬头仰望当空的烈日，感到一阵晕眩。

公子纠的两个近侍已经赶回去向召忽传信。管仲马上吩咐阿朱：

"回去通知檽垣。"

管仲给了阿朱一匹马，然后回到公子纠身边。

"君上似乎被公子彭生的鬼魂惊扰了。殿下识破了公孙的奸计，想要护君上周全，却不料被一个死人的魂魄所碍。公孙必然不会放过这个机会。如果君上能免于一死，那便是过往积德得来的天佑。"

此时，管仲已经恢复了冷静。

"孤当如何是好？"

"殿下位同君上的副将，需要安抚惊慌的随行众人，重整队列，慢慢行军回临淄为宜。"

"明白了，就依夷吾所言。"

公子纠命军吏传令，由他暂代君上统领留在贝丘的众人。

"今日之内是回不到临淄了。"

管仲本想在途中露宿,突然又有了另一个想法。大军开始行动起来的时候,管仲赶到正要乘上马车的公子纠近前。

"去葵丘——"

管仲建议调整前进的方向。去葵丘的话,傍晚时分便可抵达,可免去露宿之苦。而且他推测,葵丘那边应该已经没有人了。

"去葵丘吗……"

公子纠有些不解地皱了皱眉,但是他了解管仲随机应变的才能,所以没问缘由,传令改向葵丘方向进发。

据《春秋》记载,这一日是十一月癸未,而《春秋左传》中的记载是十二月。这一年的十一月一日是戊寅,按此推算,癸未就是六日。

冬天太阳落山早。

公子纠率一行人点着火把来到了葵丘时,这个要塞之地连条狗都没有。

"正如仲卿所料……"

公子纠颇为震惊,显然,边塞戍兵全部参与了叛乱。

"都城那边如何了?"

公子纠不安地问。紧紧跟在公子纠身旁的管仲说:

"今夜之内应该会有回报,需依回报的情况决定进退。"

殿下先趁现在早早用饭,好好休息。"

很奇怪,管仲此时头脑异常清晰,身心都没有一点疲惫。今夜必定无眠。稍有疏忽,就会丧命。如果公子纠不在了,那么他也没有活路了。

然而,葵丘的炊烟尚未升起,齐襄公已经命丧黄泉。

襄公全身都像被公子彭生的亡灵追赶着,他逃回了临淄的宫城。正想抬腿迈进宫室时,突然发觉脚下很疼。原来他竟一直赤着脚。襄公怒不可遏,找来身边一个名叫阿费的徒人①,怒声斥责:

"寡人的鞋呢?"

阿费是从贝丘一路跟着跑回来的,他当时来不及去找襄公从马车上跌落时摔掉的鞋。

"君上恕罪,鞋丢了。"

"丢了——"

襄公的声音有些颤抖,从马车上下来之后,他手中还一直握着鞭子,他用鞭子猛抽阿费,直打得阿费的衣服被血染红。

"君上恕罪——"

阿费实在受不住,躲了一下。

"你敢躲,罪无可恕!"

① 徒人是指没有兵器、铠甲装备的战士。

发狂的襄公面目狰狞，追在后面。阿费一边回头看一边向宫门的方向跑，他的眼中映出了比襄公更可怕的景象。叛军攻进来了。

公孙无知一直在密谋造反，他没有错过这个千载难逢的良机。襄公扔下随行众人独自回来，为了让晚些到的侍从和官员进来而大敞着宫门。

"就是此时，上天助我！"

公孙无知呐喊着，急忙派人向同党通报消息，同时命为数不多的私兵杀向宫城。现在这情形，即便是百来人的兵力也杀得了襄公。叛军杀了宫门的侍卫，攻入宫内，抓住了迎面跑过来的阿费。

"这家伙是襄公的徒人阿费，绑起来。"

阿费见这些人用绳子捆住自己，问道：

"为什么要抓我？"

他说着，露出自己被鞭打的后背给他们看。叛军众人看了，说：

"可怜啊，好，你同我们一起，杀了齐公！"

于是他们放开了阿费。

"我告诉你们君上在哪儿？"

阿费高声说着，快步引路向前。等跑进宫室，阿费神色一变，他找到襄公，悲痛地说：

"公孙谋逆，君上快躲起来——"

他把脚步趔趄的齐公藏到一间不起眼的小厢房里，自己拿了武器冲出宫室。

"我不会让你们杀了君上的！"

阿费冲向闯进来的叛军，发疯般搏杀着。最终，阿费在宫门附近被杀。为保护襄公而奋战的不止阿费一人。石之纷如[①]死守宫室堂前，最后被斩于阶下。一位名叫孟阳的近侍是襄公的替身，他装作襄公躺在龙床上。两三个闯入寝殿的叛军一齐刺向孟阳，确认尸首的时候，他们叫道：

"长得不像，这不是齐公。"

于是他们开始仔细地搜查其他房间。

与此同时，公孙无知的同党也杀到了宫城，接着，葵丘的军队赶来，包围了宫城。

有人透过窗户看到了襄公的脚，发现了藏在小厢房里的襄公。

关于此处，《春秋左传》中写的是"户下"，而《史记》中写的是"户间"。

无论如何，叛军推开门一看，襄公就在那里。叛军纷纷用利刃刺向襄公的脖颈、胸前，还有腹部。

公孙无知接到消息，无声地笑了，他命宫城外的士兵转头攻向公子纠的府邸。

[①] 石之纷如是人名，是齐襄公的近侍。

"一个活口也不留。"

宫城内的士兵也接到了命令,一众人袭向公子纠的府邸。而此时,檽垣的手下阿莪正驱车向西而行。

公孙之乱

巢画准确的直觉和小心谨慎救了管仲一家，也救了公子纠一家。

巢画在管仲身边效命已有八年，早过了不惑之年，他的嫡子也已经成人。来到临淄之后他又得了一子，次子刚刚六岁。巢画的嫡子名"连"，前文中已经提过。巢连因为之前曾随父亲一起从动乱的王都中逃出来，所以与同年纪的孩子相比，他的身上明显多了几分沉着和坚毅。巢画的次子名"菱"。巢画让他们兄弟二人跟在管仲的嫡子——管鸣身边。

管鸣已经十岁多了。巢连自幼好学，为人宽和细心，与管鸣意气相投；而巢菱性格开朗，是管鸣的好玩伴。确认了公孙无知谋逆之后，巢画唤来嫡子巢连，语气严肃地说：

"为父以前是周公臣下，没能事前察觉而遭辛伯偷袭，因为轻视敌人而吃了苦头。那是上天对我的惩罚。你平素熟读先贤教诲，明白为父的意思吗？"

"是。"

巢连面容端正，直言回应。巢画接着说：

"这次为父不想再有失察。监视公孙动向那边的人手不够，你也去帮忙。若发现谁有可疑行径，速速向为父或檽垣大人回报。"

"谨遵父命。"

襄公出发去田猎后，巢连便与其他家臣一起从远处监视公孙家的情况，管仲的家臣大多在外面各处打探消息并通知管仲。巢画带着一名稳重机敏的家仆守在西北门。

"派往公孙处的急使肯定要走此门。"

巢画这样想着，也把自己的想法告诉了家仆。

管仲推测，公孙的同党会趁襄公田猎时偷袭，同时公孙无知在城中举兵。但是巢画认为，这样做固然易于得手，但是狡猾如公孙无知肯定想到了暗杀襄公行动可能会失败，而且他也清楚如果不能杀了襄公，死的就会是他自己。这样想来，公孙一定不会把致命的一击交给旁人执行。诸如此类，巢画设想了所有的可能。

"行事时先入为主，无异于自掘坟墓。"

管仲是一位有着高远志向的主人。而巢画认为，不盲目追随管仲的想法才是作为管仲的臣下应有的姿态。用心观察管仲平日言行就能发现，他想要的手下并不是一个绝对服从的人。

其间，巢画暂回管仲家时，家仆依旧小心地留意着进来西北门的人。家仆见到一辆马车猛地驶了进来。就在刚才，襄公所乘的马车已经进了宫城东门，家仆自然对此一无所知。那辆马车从眼前一过，家仆心中便觉得奇怪，于是他拼命跑回去向巢画报告此事。公孙家与公子纠家都离齐国宫城很近，而管仲家距这两家的宅子较远。就在家仆跑得上气不接下气地回来报告之时，巢连将监视工作交给旁人，也带着急报赶了回来。櫶垣和巢画几乎在同一时间分别接到了这二人的报告，他们对视了一眼。

"我去通报召忽大人。櫶垣大人，您带着大家准备出逃吧。"

巢画起身，对巢连喊道：

"要全力保护鸣少爷，也这样告诉菱儿。"

而后，他又严命家仆：

"马上出发。告诉家中所有人，若贪恋家财，恐性命不保。"

巢画嫌牵马套车太耽误时间，徒步跑向了公子纠家。召忽虽然并非性情粗放之人，但他收集的信息并不严谨，此时尚未觉察到已经发生异变。接到巢画来报之后，他脸上显出困惑的神色。

"我还不曾接到公子近侍的回报。"

巢画见状，说道：

"公孙已经举兵。臣现在要去城外，大人也请从速——"

说罢，不等召忽做出决断，巢画径自夺门而出，往东奔去。此时尚未日落，要是等公孙所领人马掌控了都城，就哪个城门都走不出去了。召忽所知情报不足，在派人打探公孙无知的动向和宫城内的情况之前,他先让人为公子的家人准备了马车,命一名家臣随马车出发。召忽这个决定是明智而迅速的。之后,召忽的家臣来报:

"公孙叛乱,宫城内已是一片乱斗。"

巢画所言一点不错。

召忽将留守的一众家臣召集了起来,说道:

"为了确保主君安全,我们一同出城。"

他让奴仆们四散避难,而后调动公子家所有马车,带着公子纠的一众家臣逃出了临淄。然而此时,襄公早已命归九泉。

"关闭所有城门!"

公孙无知下令,临淄闭门封城。公孙无知杀了襄公之后没有离开宫城,他的同党将公子纠的宅邸团团围住,一齐破门而入。但是,宅中并无一人。

"怎么可能?!"

负责指挥的人让手下将公子纠宅中所剩珍品宝物劫掠一空,还把墙推倒了。但是,偌大的宅院之中,竟没有一人。

公孙无知得知后,下达了一个残忍的命令:

"公子纠一家不可能已经逃到城外,肯定还在城中。传令下去,藏匿包庇者,诛九族!"

这道命令在三日之后传遍了齐国所有的县邑和乡村。

公子纠的家臣，包括巢画这样的陪臣，都可谓是为主君鞠躬尽瘁了。

各路密使昼夜往来不停，成功逃出临淄的众人与葵丘那边取得了联系。

"兄长果真是被杀了吗？"

公子纠仰望着暗夜长空，自言自语道。襄公就好像是为了被杀而匆忙赶回临淄的一样。如此想来，在贝丘出现的大野猪也许真的是公子彭生的化身也说不定。

"仲卿，孤只有逃去鲁国这一条路了吗？"

公子纠的家人及护卫正在向鲁国进发。葵丘的城防要塞没有坚固的高墙，若数千兵力攻来，恐怕撑不过十日。公子纠也清楚这一点。只是自己不仅无法平定公孙无知的叛乱，反而像被驱逐一般被迫逃离齐国，他对自己的软弱无能感到愤懑。

"鲁公少壮，是有信之人，必定会尽全力助公子登上齐公之位。"

"是吗……"

公子纠的声音里带着些许无奈。

公子纠一行人在天明前离开了葵丘。从贝丘一路跟到葵丘的人中，大半从公子纠处知道了襄公的死讯，他们在得知公子纠没有攻向临淄反而准备逃出齐国后，纷纷离开了。

我想与公孙无知一战——这是公子纠内心的真实想法。

当然，管仲也希望公子纠能戴上正义的光环。不过在他看来，被所率之兵背叛的危险更大。管仲内心有一个声音在嘲笑一直冷静自处的自己：与公孙无知决一死战，粉身碎骨又有何惧？但是他没有信心保全公子纠，也没有信心在这一战失败后继续再战。并非因为管仲胆怯，而是因为决定这一战能否成功的，是公子纠之前的经历。遗憾的是，公子纠此前并没能得到国民的支持。召忽认为谦恭就是一切，这个信念深深地影响着公子纠。博取国民的好感会为襄公所恶，而且有损公子纠的人格。召忽一直在按照这个方针教导公子纠。简单来说，召忽不曾预想过襄公会突然横死宫中。

"但是，鲍叔不同。"

鲍叔预见到齐国将乱，所以他带着公子小白一起出逃了。离开葵丘后，管仲仰望着开始微微泛白的天空，在心中承认：

"召忽与我，都落于鲍叔之后了。"

鲍叔与公子小白在暗夜之中敏捷地采取了行动，而辅佐公子纠的人却要等到天明才行动。

事实上，鲍叔的预见力非凡，谋划的才能也在管仲之上。此时，高傒派了手下前往住在莒国的公子小白处，稍后，国氏府邸也派出了密使，直奔东南。当然，这些事管仲都不知道。现在，管仲就只希望可以平安地护着公子纠从齐国逃往鲁国，设法得到鲁庄公的庇护。

从葵丘出发直奔鲁国国都曲阜会途经多处险坡，管仲手中有巢画绘制的详细地形图，一路南下不曾迟疑。公子纠身边的三百侍从几乎未损一人，侍从们在行进中轮流休息，但管仲直到第二天也完全不曾合眼。他严厉地对侍从说：

"停下来休息就会没命。"

管仲推测，公孙无知差不多该下令追捕他们了。等追捕令传到戍边官兵那里，他们就不得不应战了。从葵丘到鲁国国境，大约需要六日的时间。

"但是，我们必须在四日之内离开齐国。"

管仲心中想着，加速赶路。到了第三天，他们走的全是险峻的山路。不断有人累倒，终于不得不停下来休息。其间多次降雨，雨水冰冷，大雾遮住了前路。在等候众人恢复体力时，管仲躺在马车里，回忆起当年，自己曾在有过婚约的季燕家门前挨冻一夜。

"季燕也四十多岁了吧。"

与她分别后，已经过去二十多年了，很难说这段岁月是温暖了他，还是让他变得更冷硬。管仲心头好像有什么东西扑簌簌地滚过。到了他这个年纪，三年的时间已经算不上长。可对当时的季燕来说，那一定长得让人绝望。如今，管仲心中对她的理解已经胜过了对她未能等他三年的埋怨。年轻时感情犹如冬日棉衣，又厚又重，到了中年，就像换成了夏服。管仲知道，这就是所谓的成长。

在公子纠与一众家臣不断靠近齐国国境时，公孙无知终于向戍边的官兵下达了命令：

"捕杀公子纠！"

之所以发令迟缓，一是因为之前公孙无知坚信公子纠还藏在都城内，二是因为他的注意力更多地放在了自己的即位事宜上。公孙无知确认了都城内已经没有残存的襄公手下和公子纠等反动势力后，马上即位了。弑君即位，这种情况是很难得到周王认可的。

"笑话，周王的策命很快会下来的。"

公孙无知派大臣前往王都请命，他把事情看得很乐观。他觉得此前襄公助卫惠公回国复位，引得周庄王反感，现在襄公暴毙，周庄王定会欢迎公孙无知派来送信的使臣。被派去的使臣不是高氏就是国氏。使臣于十二月或是翌年一月出发，最终在半路折返了回来，这是后话了。从临淄到王都有两千余里，需要两个月以上的时间。

公孙无知并不清楚自身将要面临的不幸，就登上了国君之位。他按照约定迎娶了连称的表妹为正室。

当时已经逃出齐国的公子纠和管仲，与从临淄逃出来的家人及家臣会合了。公子纠损失了一部分家产，但好在没有人员伤亡。

"干得好。"

公子纠的神色恢复了明朗，热情地慰劳了召忽。对公子纠来说，召忽相当于他的血亲，而他对管仲没有这样的感情。后来，孔子曾说：

> 君君，臣臣。(《论语》)

社会和组织中的每个人都有自己的位置和立场，应各自安居己位，恪守本分，这样政治才能明达。管仲不是一个礼教主义者，但他有着洞察人心与组织结构的非凡眼界。他知道，如果君主与臣下太过亲昵就会产生弊端。这样的例子比比皆是，莫说他国，齐国国内就有。齐襄公的父亲齐僖公就是因为太过疼爱弟弟夷仲年，才导致夷仲年之子公孙无知骄横无度，埋下了祸端。可以说，此次齐国之乱，根源就在齐僖公。齐僖公因为过于喜爱自己的弟弟，结果让自己的亲生儿子命丧黄泉。可见，过度的爱会酿成恨，像公子纠和召忽这样亲密无间的君臣，不要有朝一日反目成仇才好，管仲冷眼旁观着。

以檽垣和巢画为首，留守家中的家臣们来到管仲面前。不用多问，也能知道他们费了多大力气。管仲很想现在就犒赏他们，但是眼下正在亡命途中，实在是心有余而力不足。

"夫人和鸣少爷前往温县了，由枹大人和犬子随行。"

巢画回报道。

"殿下安顿下来之后，也无须叫他们过来团聚。公孙三年之内必定自取灭亡，我们在鲁国的亡命生活不会太久。"

这不是管仲一厢情愿的希望。齐襄公是一个偏执的人，为政极度缺乏公平，而公孙无知比襄公更加偏执乖戾。国人不满襄公恶政，拥戴公孙无知以求革新朝政，虽然这个目标实现了，但是很快他们就会见识到公孙无知的真面目。到那时，国人又将如何？会有使臣前来请公子纠回齐国吗？到达曲阜之前，管仲将檽垣、阿朱以及巢氏兄弟等重臣叫到一处，推心置腹地对他们讲：

"很遗憾，我们的主人不得民心，国人对殿下有偏见。殿下为人恭谨，会为齐国的政治带来公正，也有开创盛世的潜力。虽然在我们看来如此，但在外人看来，殿下只会继承已故齐公的歪路。齐国必将再起内乱，届时国人应该会悄悄请回亡命于莒的公子小白。到那时，我们主君要么将君位让给弟弟，自己做臣下辅佐小白，要么全力阻挠小白即位，只有这两个选择。"

"我不认为召大人会同意殿下向公子小白让步。"

檽垣说道。让公子纠当上君主是召忽一生的意义所在。

"我知道。不过，胜负已定。我与召忽已经败给了公子小白的太傅鲍叔。"

这句话让众人陷入了沉默。

"这次的事，我们殿下是无法胜过公子小白了。虽然现在说出来也于事无补，但是我之前也料到齐国会有内乱，也曾向殿下说过此事，但因为顾忌召大人，我没能全力主张逃往国外。虽说现在平安逃脱出来，也没什么可得意的。"

管仲的话语中带着沉痛。

"恐怕不久之后，殿下会请求鲁公出兵，借鲁国之力回齐国，但我认为这很难。因为想要成功，需要里应外合，而在殿下回齐国这件事上，我们没有内应，也就是说，齐国之中并没有欢迎殿下回去的势力。卫公确实是在诸侯国的武力援助下得以回国复位的，但是他当时的处境与我们大不相同。因此，即使殿下抢先回到齐国，也不应当即位，而是要请公子小白回来即位，自己作为辅相参与国政，才是上策。我希望诸位能了解我的真实想法，所以在此向大家明说。我无法预料殿下得到鲁公庇护之后，事态会如何发展，而我将来做的事可能会有悖于我现在的本意。届时，还希望大家不要感到困惑。"

隰垣最先点了点头。

"臣明白了。主人会将这番话告诉殿下吗？"

"这个……"

隰垣锁起眉宇。

"既然主人如此剖白自己的真心，臣也想说说心里话。臣深知殿下禀性纯良，但他对兄长的暴政视而不见，这也是事实。将这些都归罪于辅臣，不过是独善其身罢了。这次如果不是主君，单凭缺乏随机应变的召大人，殿下恐怕已经横死街头了。虽然懂得听取臣下的善言，但是不能落在行动上，这不过是一个庸碌无为的君主。召大人因为太过重视殿下，一心只求殿下一人独善。主人的策略必定会遭到殿下和召大人的嫌弃，他们甚至还要怀疑您与公子小白及鲍大人在暗中勾结，而这份怀疑会传到鲁公那里，您迟早会被贬斥放逐。最终，殿下也好您也好，都只有死路一条。只有您能助殿下成为一代名君，现在应当抛开一切预判，谨言慎行，以待天命。"

"呜呼哀哉……"

听了这番话，管仲仰天长叹。他心中自然也希望公子纠能登上君位。抛开这个想法后，他似乎听到了上天的声音。

"多谢你对我说这些。"

管仲盯着糯垣看了良久，深深低头行了一礼。众人见了，无不感动。

公子纠来到曲阜，受到鲁庄公的迎接。

这时鲁庄公二十一岁，公子纠比鲁庄公年长十岁左右。鲁庄公颇有威仪，而公子纠始终只表现出适度的贵族气度。

庄公安抚鼓励了公子纠一番。但这片笃厚的情谊背后，却藏着一双冷静观察的眼睛。这双眼睛看到：

公子纠会是一位重视内政的君主。

在公子纠的身上，庄公感受不到任何规划未来的热情和欲望。简言之，公子纠是一个犬儒主义者，讨厌面对困难。侵略他国时自然会伴随着各种各样的困难，所以公子纠一定会避免这种会引发新问题的行为。考虑到军事力量上鲁国一直劣于齐国，如果让公子纠当上齐国国君，估计至少二十年之内，鲁国不会再与齐国发生军事冲突。这样一来，鲁国就无须为军事力量的优劣而烦恼了。

鲁庄公心底对公子纠的看法是：

原本他把叛乱镇压下去，自己即位便好，可他什么都没做就逃了出来。

庄公对公子纠暗生轻蔑。若左右辅佐之臣无能，势必如此。庄公审视的目光看向了召忽和管仲。他在召忽身上看到了铮铮的铁骨，心想：

此乃忠臣。

相反，这个名叫管夷吾的辅臣何其庸碌。听闻，当时公子纠已经掌握了被襄公留在贝丘的兵力，管夷吾却向公子纠进言让他放弃那些兵力。原本可以轻而易举地剿灭公孙无知，可他却带着公子纠不眠不休地逃了出来。召忽一直等在临淄，等着公子领兵回来，准备为公子引路，最后一刻才从临淄逃出来。贤臣自当如召忽这般。对于管夷吾这种不懂兵法只会狼狈逃窜的臣子，鲁庄公很不喜欢。

"夷吾，你可是管叔鲜的后人？"

这一句话便表明了庄公的态度。

"非也。"

管仲面色不改,对这样的恶意,他早已习惯了。

"谋害齐公的大夫中有一人叫管至父的吧。你可与他同族?"

"非也。"

"管至父可能是管叔鲜的后人吧。谋逆之人血脉相继,真的是没有办法。"

庄公说着,眼睛已经不再看向管仲,而是看向了公子纠。这是在向公子纠暗示,这种臣子不可信任。公子纠唇边浮上一抹苦笑,没有答话。

之后,管仲没有再觐见过鲁庄公。庄公宣召公子纠的时候只让召忽陪同,从不曾点过管仲的名字。

脾性不合——简单来说,不过如此。这难免让管仲感到一阵寂寥。鲁国虽是邻国,但管仲一直认为鲁庄公有成为一代名君的潜质。但是,鲁国公室是周王朝开创者周武王的弟弟、最高阶位的功臣周公旦的后人,这份血脉太过耀眼,让鲁庄公为鲁国和自己感到骄傲,更让他在心中建立起一种独特的秩序和界限,把不符合的人排除在外。齐国是羌族建立的国家,始祖太公望接纳了羌族以外的民族,并使之成为国家的活力之源。也就是说,齐国是一个多民族国家。鲁国最初以殷族为国体的国家机制也充满活力,然而随着后来殷族对姬姓(周王朝)思想的臣服,鲁国成了一个不允许思想和习俗上出现一丝杂音的国家。换句话说，这里成了一个异姓之人难以生存的地方。这说明鲁国气度很小，恐怕这个国家难有号令天下的英主出现。

"如果我出于为公子今后着想而谏言，必遭怀疑。"

正如檽垣所说。公子纠忌惮鲁庄公，并没有试图挽回管仲的感情。

"常言道，人于窘境和富贵时，方显本性，果然不假。"

檽垣私底下对公子纠颇有微词，他知道管仲没能参与助公子纠回国即位的谋划。

"垣儿啊，之前可是你告诉我要谨言慎行的呀。"

"臣知道。臣还知道，当今世上全无明君。"

檽垣也曾对鲁庄公的英明抱有期待。他曾希望鲁庄公英明的目光能看到自家主人管仲的非凡才干，他甚至想过，或许鲁庄公会让管仲做自己的谋臣。然而现实却是，管仲遭到了鲁庄公的贬斥。

"马上就到年底了。我想了解一下齐国的情况，但如果我派人往来打探恐怕会遭到怀疑，如何是好呢？"

管仲的语气很是沉闷。

"巢画做事滴水不漏，齐国的内情他一清二楚。"

"公孙已经即位了吧。"

"不错。连称和管至父成了公孙的左右手，连称的表妹成了正夫人。连称的表妹曾与公孙缔结密约，臣猜测正是她将先君的行程透露给了逆贼。"

"公孙现在风评如何？"

"算不上不好。他尚未亲政，表面上在服丧。政务都交由高氏与国氏二人打理。"

"丧期过后，公孙的真面目就会显露出来了。在那之前，我们只能继续隐忍。"

管仲苦笑了一下。

"鲁公明年不会出兵助殿下攻齐吗？"

鲁庄公十分有可能以武力助公子纠回齐国，公子纠也正是为了这样的援助才会亡命至鲁。但是，管仲说：

"若想促成此事，还需高氏或者国氏做好内应，若无准备，即使以武力强行取得了君位，恐怕殿下在位的时间也不会长久。"

公子纠不曾主动结交高氏和国氏，但据说公子小白经常到高傒家做客，交往颇深。高氏和国氏是齐国的上卿，一向合作扶持公室料理国政，不曾因争权而交恶，所以此次齐国内乱，两家才会做出相同的应对。想必两家的家主暗中商议过，确认了彼此的想法，才做出这样的决定。

"高傒是想拥立公子小白吧。"

不过，有一个难题。莒国是小国，不会为公子小白出兵。莒公若真的同情小白，可能会说服诸侯，拥立盟主，结成联军，不过显然，莒公没那么热心。公子小白在莒国没有受到礼遇。虽然高氏和国氏也可以协力举兵驱逐公孙无知，迎回公子小白，但是高傒绝不愿背负谋逆的恶名，所以只有静待下一次异变的爆发。

"一切都要看高氏作何打算了吧。"

檽垣说中了关键。管仲点了点头，无力地说：

"最好是高氏给鲁公一个面子，迎我们殿下回齐国，稳妥地拥立他为新君。"

"臣明白了。"檽垣立刻回答。

"真的明白了吗？"

"殿下与鲁公一起攻齐之前，先与高氏缔结密约，许诺自己即位之后，将来不会传位于嫡子，而是让位于公子小白。这样一来里应外合，就可以将公孙的势力一举铲除。"

"垣儿啊，你堪为一旅之帅。"

管仲称赞道。制定计策的人需要有识人之能，忽视人的因素而优先算计，这样的策略必定愚劣。

"不过，鲁公的谋臣和召忽可能认为武力可以解决一切吧。此乃下策。"

"那又会如何呢？"

"人若遇珠玉，就会不知取舍。但若眼前只有其一，则唯有取之。"

"主人——"

檽垣瞠目，他明白了管仲的意图。

"除掉公子小白，高氏和国氏就只能拥立我们殿下了。"

"主君要亲自动手吗？"

"杀了小白，看着殿下即位，然后离开齐国。我破坏了鲍叔的计划，可能会被他杀了吧。"

"唉——"

糯垣出声喟叹，流下泪来。他低着头说：

"为何主人与姐夫不得不如此相争。你们二位都是齐国的至宝。齐国开国始祖太公望在天上看着，竟也没有可以保全两位伟才的良策吗？我好痛心。"

糯垣以前觉得，无论哪个国家，都会让君主的兄弟中拥有军事或行政才能的人入朝参政。假如襄公在位十年后，让公子纠和公子小白齐居卿位，再过十年，这二位公子会同国氏和高氏一起辅政，管仲和鲍叔的非凡才干便能在国政上体现出来。然而，现实却一步一步地背离了他的想法，终于，事态发展到管仲不得不与鲍叔一决高下的地步了。最坏的结果可能是他们二人一起丧命吧。

"公子小白亡故后，殿下能将鲍叔招至麾下才好。"

"主人，您太小瞧鲍氏了。以他的为人，定会在被我们殿下宣召的当日，杀了殿下而后出逃。"

糯垣抹着泪断言道。

鲁国迎来了新春，管仲却完全没有得到公子纠的召见。召忽究竟献上了什么样的计策，管仲不得而知。

春意正浓之时，檽垣扬着眉与巢画一起来到了管仲面前，语带吃惊地说：

"公孙无知暴毙了。"

管仲无言地起身，急忙去见召忽。

命运之箭

公孙无知死得非常突然。

当上齐公之后，不知公孙无知是因为不愿为自己亲手除掉的齐襄公服丧，还是因为春光灿烂，总之他决定出游。当然他不是孤身一人，身边带了近侍和姬妾。

据《史记》记载，公孙无知出游的地方叫雍林，但《春秋左传》中对公孙无知去了哪里没有记录。据书上记载，一位名叫雍廪的大夫曾遭到公孙无知的苛待，可能是这位大夫为了报复，率私兵偷袭了公孙无知。

"公孙他死了吗……"

与管仲的冷静不同，召忽听到这个消息，神色一变，一时间有些手足无措。谁能料到，公孙无知在位不过两三个月便暴毙而亡。

当然，公孙无知没有谥号。

召忽脑中一片混乱，管仲按住了他的双膝。

"成败就在此时。听好，速速向殿下和鲁公进言。"

管仲努力让召忽冷静下来。若由管仲献策，肯定不会被采纳。召忽对管仲没有任何恶意，只是因为忌惮鲁公，才不得不与管仲保持距离，但在情报收集和筹谋方面，他还是十分倚仗管仲的。

"我知道了，就依你所言行事。"

召忽的神色总算是恢复了平静。

"现在齐国国中无主，高氏与国氏掌政，安抚人心。也就是说，齐国国民将下一任君主的选择权交到了这二位大人手中。"

"嗯……"

召忽略显出一丝不满。因为在他看来，比起所谓选择，更应该优先考虑君位的继承顺位。既然襄公离世，自然应当由襄公最年长的弟弟继位，何来选择之说？召忽是一个遵守既定秩序的人，凡是不符合这一思想的都被他认为是不正之行。然而，当今天下已不再遵从周王的命令，诸侯任意而动，虽然不正，但也是现实，而召忽没能从现实出发，修正自己的思想。也正因如此，他对现实的认识过于浅薄。

管仲必须让召忽认清现实。

"现在若向齐国举兵，就是同国氏与高氏为敌。不应以武力让这二人屈从，而应让他们主动迎殿下回国才是。为此，鲁公与殿下必须与这二人结盟。"

如果国氏和高氏立誓效忠公子纠，齐国国民也会追随。公子小白就会放弃君主之位，另做打算。

管仲接着说：

"听闻，先君齐僖公曾将公子小白托付给高傒。所以他们恐怕会提出条件，要求殿下让公子小白回国，以卿士之位厚待。希望殿下对此不要拒绝。"

召忽听了，神色有些为难。

"僖公就是因为厚待弟弟夷仲年，才惹出了公孙无知之乱。如果让公子小白回国，恐怕会再生灾祸。虽然我适才说依你所言，但这一件事恕我不能答应。"

召忽起身去见公子纠。公子纠听了大吃一惊，赶忙向鲁庄公报告，请求示下。三日后，鲁庄公身边也有人来汇报齐国的异变，庄公终于召集重臣商议此事。当然，公子纠和召忽不在与会之列。从此刻起，一切都要看鲁庄公的判断和意愿了。公子纠身边的兵力不足五百，无法单独实施战术策略，需要听从鲁军的指挥。

终于，会议结束，庄公宣见了公子纠和召忽。

"寡人决定与齐国的二卿在'蕆'订立盟约，但是现在齐国国中只有一位上卿。殿下可趁这位上卿前往蕆县时，返回齐国。寡人愿派三千兵力随同。"

蕆县位于曲阜东南二百七十里、临淄以南五百四十里处。齐国的上卿往返此地需要一个月以上的时间。另一位上卿奉公孙无知之命，正在前往王都的途中，即便是半路返回，到达临淄也要夏天了。也就是说，齐国处于无人做主的状态，几乎不存在阻止公子纠归国入城的势力。只要能趁着与鲁庄公结盟的上卿回来之前，稳固住政权便好。以防万一，这半年内临淄的防卫要由鲁军负责。

庄公还强调说：

"待在莒国的公子小白得知殿下即位之后，定会请求回国，您绝不可应允。公子小白定会倚仗卫公，威慑殿下。卫公与殿下的兄长一样，是无视周王旨意的狂悖之人。今后殿下应当与我一起，尊奉周王，统揽诸侯。如果身边有一个违背周王的弟弟，那国家是无法团结的。

庄公已经派出使臣赶往临淄。史书中没有明确记载与庄公使臣见面的究竟是国氏还是高氏，总之，他们当中一位答应前往蔇县。严格来说，《春秋》的"经"和"传"部分，只提到了"齐国大夫"，所以前往蔇县的也有可能是国氏和高氏之外的其他大夫。不过此事关乎齐国未来的走向，大夫并非政治舞台上的中心角色，何况结盟的对象是鲁国的国君，所以估计当时去的不是一位大夫。这样想来，前往蔇县与鲁庄公订立盟约的，十有八九是高傒。

高傒出门的时候叫来管家吩咐道：

"如果公子小白殿下提早回来，你要暗中相助。如果殿下回来得晚，我自会扶助。"

公孙无知被暗杀后，高傒马上派使臣赶往莒国。当然不是去指示今后该如何做，只是去通报消息。高傒的真实想法是立公子小白为君，但若是无视长幼之序，强行拥立，国内会再起波澜。所以，他并不打算对迎立公子纠一事提出异议，但是一定要让公子纠身后的保护者鲁庄公认可公子小白回齐国，并确保小白的身份和地位。这就是高傒的政治嗅觉。

高傒离开临淄时，公子纠也从曲阜出发了。但是，历史舞台的另一个角落里还上演着更让人惊讶的一幕——仅带了少量随从的公子小白也从莒国出发了。

对公子小白来说，长期的忍辱负重终于结束了。

在莒国的生活不快至极。

他不曾奢望厚遇，只希望能有齐国贵族应有的待遇。但是莒公十分薄情，公子小白备受屈辱。

"孤要死在这异国他乡了吗？"

公子小白曾在鲍叔面前垂泪，这君臣二人的生活贫困至极。但是，鲍叔的精神世界并未枯竭。

"从前，于臣亦师亦友的管仲曾这样说：'身不善之患，毋患人莫己知。丹青在山，民知而取之；美珠在渊，民知而取之。'百姓的眼光与上天一样，岂会错过丹青与美珠？"

他这样说着，鼓励着公子小白。

"管仲是兄长的太傅吧。兄长身边有此等贤臣辅佐，孤与他相争，岂能取胜。"

"为了齐国的臣民，殿下必须成为君主。公子纠是一个平庸的人，身边有丹青美珠而不识。等殿下登上君位，可让公子纠享有公室之族的待遇，召管仲前来参与政事，齐国定能在两三年之内成为富国，拥有强兵。但是如果公子纠成了君主，即使百年之后，齐国也不会成为强国。"

鲍叔的脑海中有着明确的未来蓝图。

但是，公子小白觉得不会如此顺利。

他的君主之路上阻碍太多。自己比公子纠年少，手中几乎没有私兵，凭什么凌驾于兄长之上呢？但是，鲍叔坚定地说：

"德行的力量极大。殿下会明白的。"

公子小白亡命他国的行为就是在无声地指责襄公的恶政。小白一面保持着作为弟弟不得指责兄长的孝道，一面以行动向兄长提出了谏言。鲍叔相信，这一定让齐国国民觉得小白守礼数、有德行。开战之前，小白就已经胜过他的兄长了。同时，鲍叔也胜过了管仲。

人需要敬畏上天，但人在一生中也需要有一次质问上天的时候。

鲍叔一直忍辱负重地辅佐在公子小白身边，等待着这一刻的到来。继得知襄公横死之后，又接到了公孙无知被暗杀的消息时，他兴奋得浑身一震：

所谓乾坤一掷，说的便是此刻。

"高氏是在叫我们回去，我们快回齐国吧。"

他催促着公子小白。但是，公子小白却迟迟不肯动身。

"兄长会在鲁军的护卫下回国即位吧。而且管仲智慧，召忽勇武，孤难回齐国。"

小白觉得，即便有高傒在暗中相助，登上君位也不过是妄想。一定还有其他更稳妥的方法可以回国吧。然而，鲍叔看起来毫无杂念，坚定地鼓励公子小白说：

"如果管仲在国中有发挥他智慧的机会，齐国也不会有此内乱。管仲不在其位，召忽有勇无谋，他们能做什么？"

但是公子小白还是有些犹豫。

"即使管仲无法发挥他的智慧，也不代表他没有智慧。即使召忽无法率领众多兵将，他的朋党也会来杀我。"

公子小白对未来的看法十分悲观。然而此时，鲍叔的身心都感受到了上天的指引，他不能体谅小白为何恐惧。等公子纠即位之后召他这个弟弟回去，这才是痴心妄想。

"国内一乱，再有智慧的人也无法收拾局面，朋党友人都无法助力。正因如此，殿下才可以凭借德望，实施自己的计划。"

鲍叔摆出心意已决的姿态，命人备好马车，强行推着公子小白上了车，自己亲自牵起缰绳。随行家臣只有四十人。

"就凭这些兵力，如何拿下齐国？"

公子小白嘲笑自己的自不量力。辅佐自己的鲍叔是气宇轩昂、心怀大志之人，时常把天下挂在嘴边。如今周王失威，代替周王总领诸侯的虢公与郑公也不得人望，各诸侯独善其身，个个虎视眈眈。如果这种无序的状态长期持续下去，中原全境都会遭到北狄、南蛮、东夷、西戎等外族来犯，到那时，也许诸侯们都会沦为外族之臣。

"为了避免这种情况的发生，殿下必须成为齐国主君，成为诸侯的盟主，守护中原。"

公子小白从小一直听鲍叔这样训诫，可他心中对未来的前景没有清晰的概念。他只觉得如果能做到那样就好了，却并没有一定要实现的意志。他心中隐隐约约有个平凡的愿望，只要能平安回国，作为公室族人过上平稳的生活便好。但是，公子小白从莒国出发之后，就不得不抛弃这种平凡的愿望了。这让他更加恐惧了。

"孤不可能争得过兄长。"

公子小白说着就要从马车上跳下来。鲍叔手中握着缰绳，一脚踩住了公子小白的脚。

"事情成与不成，就在此一举。若失败，臣死便罢。殿下不会丧命，可以逃得出去。"

最终，公子小白没能从马车上下来。

公子纠别过鲁庄公，踏上回齐国的归途后，将管仲叫至近旁，说：

"孤并非有意疏远夷吾，今后还多有仰仗，请多多相助。"

这就是公子纠的善良之处。这份善良中绝无虚情假意，但公子纠在思想上毫无真知灼见,也没有什么深度。管仲清楚,将这样一个平凡的人打造成一代明君,正是他们身为辅臣的使命。

"殿下无须挂怀。比起这个,眼下行军速度过缓,臣有些担心。"

管仲说出了自己的担忧。三千多人的大部队不能走翻山越岭的险路,只能走平稳的大路。从曲阜到临淄,走直线距离最近的山路要十五六日,照现在的情况,恐怕要多花四五日。然而这四五日的延迟可能会改变公子纠的命运。

"夷吾在害怕什么吗?"

公子纠不明白管仲心中的凄然。

"恕臣直言,臣现在满脑子想的都是公子小白可能已经离开莒国,正赶向临淄一事。"

他这句话拦腰斩断了公子纠的乐观。公子纠眉间现出惊愕与不安,眼睛看向召忽。他一向依赖召忽,凡事询问召忽的意见已然成了他的习惯。

"莒公是不会帮助公子小白的,臣以为夷吾所虑之事不会真的成为祸患。不过,凡事都有万一。"

召忽说道。召忽的意见公子纠是能够听得进去的。

"夷吾是想对这个万一做些准备吗?"

"臣手下兵力少,殿下可否借臣一些人手。万一公子小白真的正在赶向临淄,那么臣就沿路设伏,除掉他。"

"嗯……"

公子纠再次看向了召忽。召忽点了点头，于是公子纠同意让管仲带一百兵力离开大部队。管仲非常着急。

"鲍叔行事不会犹豫。"

管仲仿佛看到，鲍叔他们正催促公子小白加紧赶往临淄。管仲从长勺沿淄水一路北上，刚过马陉，他便开始想：

"不如在某处等公子小白到来。"

所以管仲停了下来，听取身边重臣的意见。此时，阿朱说出了自己的想法。

"莒侯若出兵援助公子小白，早则秋天，迟则春天。莒国兵力不及高氏和国氏，势必采取诸侯联合之势。如果现在公子小白正赶往临淄一事属实，他所带兵力不会超过三百。他们会走小路，避人耳目，到了临淄也不会突然增兵，这样的话，他们就无法抵挡公子纠与鲁军。所以，公子小白需要把自己回齐国的消息告知国民，聚集兵力，那样一来，他们定会走大路。所以，我们没必要防守小路。"

"嗯，说得好。"

管仲马上接受了阿朱的观点。在通往临淄的大路上选一处易于设伏的地点，成了他们的下一个议题。就在他们商议之时，前方打探消息的人来报。巢画听了来人汇报之后，脸色一变。

"公子小白似乎已经过了纪国的旧都。国民纷纷跟随公子小白,兵力似乎已有一两千人。"

这个消息证明了管仲所料之准,同时也让正在商议的众人紧张了起来。公子小白已经进入了齐国地界,而他受到国民的欢迎,才是对公子纠最大的威胁。

"去把公子小白的位置报给殿下。"

管仲吩咐巢画。选好伏击公子小白的地点后,管仲下令:

"夜间继续行军。"

若以相同的速度赶回临淄,公子小白会领先。为了设伏,需要日夜兼程。对于这种程度的行军,管仲手下众人都习惯了,但是公子纠那边的人完全吃不消,已经走不动了。

"不要管倒下的人。"

管仲的这道命令有些寡情。他的心底,也有苦涩。他总是被鲍叔抢占先机。若将这些都归结于鲍叔运气好,管仲实在汗颜,所以这次他无论如何都要抢先一步。虽然当事人公子纠没有觉察,但是管仲一路走来一直被变幻无常的世间风雨吹打,他很清楚——他们正处于命运的紧要关头。他知道那个正在试图毁掉公子纠未来的鲍叔身怀大才,正因如此,这个关头才更加可怕。当甘心主动选择苦难的人奋力而起,就没有什么能阻挡那种力量了。这种力量,可以靠智慧抵御吗?

原本需要两日半才能走到大路上,管仲花了一个昼夜便赶了过来。

以百人之兵偷袭近两千之军，不可能有胜算，所以需要设法单独杀掉公子小白。

"选在窄且有弯路的地方为好。"

管仲重新寻找着适合设伏兵的地点。行军至窄路时需改成纵队，而且是很窄的纵队，那样一来，公子小白身边的人就会很少。通常主君所乘兵车有屋顶，但公子小白乘的兵车恐怕什么遮挡都没有吧。只要不开战，一般车夫在兵车的中间，随车武士在右，主君在左。以公子小白为靶的话，这个箭靶周围没有什么遮挡，箭可以径直射中靶心，但问题是这个靶子在不断地移动。若从侧面射击，箭靶的移动速度过快，而且人的侧面面积比正面小，即使射中侧腹也很难致命，所以现在无论如何都需要从正面放箭。如果有弯路，公子小白的兵车速度会放缓，他的头和胸也容易瞄准一些。

"这里的话——"

巢画找到的设伏地点是一块草木茂盛的高地，从这里望下去，下面道路有弯，适于放箭。

"只有这里了。"

管仲说着，叫来二十名弓箭手。对他们说：

"我放箭之后你们就放箭，目标只有公子小白一人。"

他叮嘱他们不要射错。在场除了管仲，没有人见过公子小白。管仲体谅檽垣的心情，安排伏兵时为小白留了一条退路。这次奇袭无论成败,管仲一行人都会被众多士兵追击。

"放两箭就要跑。"

管仲对士兵们说。要是忘了己方兵寡,错过撤退的时机,就会全灭。

管仲背靠在树上,仰望长空。晴空万里无云,也没有风,安静得让人觉得空虚。妻子梁娃还有鲍叔的妻子糯叔在温县相处得还融洽吧。而他现在却要杀了鲍叔的主君公子小白,他正在亲手毁掉鲍叔的前程。突然,他的脑中出现了一个念头:

"就这样什么都不做,看着公子小白经过,如何?"

他想做些什么来补偿公子小白和鲍叔所经受的苦难。自己在襄公亡故之前,一直过着悠闲的生活。这样不好吗?这次也该让鲍叔得享富足了。

管仲心头有着无尽的无奈。

"离开齐国,我又能到哪里去?"

他不可以在命运的转折点上背弃主君,自己逃开。若放过公子小白,就相当于让好运离公子纠而去,是悖逆之行。

"一切交给天意吧。"

管仲再次望向晴朗的天空。

"来了。"

是巢画的声音。管仲查看了一下箭,他只打算射一箭,所以要好好选一选。

不多时，可以望见小白的军旗和人马了。

突然，风乍起。管仲望着军旗的流苏判断风力和风向，因为他们随时都有可能发生变化。眼前有众多的士兵通过。管仲心想：

"在此处夹击，必能取胜。"

可惜，他手下的并非千人大军，只有不足百人。管仲目测着公子小白所带兵力的数量，当计数过千时，跟在后面的兵车队伍出现了。

"要来了。"

突然，周围似乎没有了声音。兵马的足音和车轮的声音都不见了。终于，覆盖青色皮革的兵车出现在管仲的眼前。

"是公子小白。"

什么？那驾车之人不是鲍叔吗？这个发现如电光石火一般闪过管仲心间。他缓缓起身，搭箭拉弓。就在此时，公子小白发现了高地上的人影，惊讶地抬起眼。鲍叔也察觉了，"啊"地叫了一声，箭已经飞在空中，一眨眼的工夫，便正中公子小白腹部。随后，箭如雨下。鲍叔横身护住中箭倒下的公子小白，在车中转了半圈。武士中箭，摔到了后面。这时鲍叔听到一个声音：

"公子小白已被公子纠之臣管夷吾射杀。诸将速速归顺公子纠。"

管仲刚刚那一箭是瞄着心口射过来的，但没有射中胸前，只射中了腹部。虽说偏了一点，但这箭术确实了得。管仲对着眼前的敌军自报家门后，将面露迟疑的小白手下众将甩在身后，夺路而去，边跑边吩咐巢画：

"公子小白应该是死了，不过你还是去确认一下。"

巢画带着几个人，从另外一条小路奔向山中，很快不见了踪影。其余伏兵交由檽垣指挥，管仲跑到檽垣近前，表情严肃地说：

"追击迟缓，无须设伏。速速起兵，切勿延迟。"

说罢，管仲继续跑。檽垣见他的神情，还以为偷袭失败了。傍晚，众人在高地休息，管仲几次命人燃起烽火，向巢画告知自己的方位。

"还不知道结果。"

管仲没有对檽垣明言偷袭是否得手。他们在近旁支起柴火，点燃了火把，这是夜里的狼烟。狼烟一直燃至将近天明。巢画寻着狼烟前来汇报时，已是黎明时分。

"公子小白被转移到了辒车，他们正在朝临淄进发。"

管仲听了，赶忙吩咐：

"阿朱，速去回报召忽。"

所谓辒车，是一种为了防尸体腐败，可开窗户进行调节的马车，车中之人自然是死者。也就是说，公子小白被管仲一箭毙命了。

檽垣像是将自己的感情全部抹杀掉了一般，面无表情。

他一定是在担心陪着已故的公子小白赶回临淄的鲍叔。无须看檽垣的表情，管仲的心情也十分复杂。大半国民都期待着公子小白归国，杀了公子小白的人必然受到国民的怨恨。

"殿下即位后，我便离开齐国。"

管仲下定决心，轻轻地拍了拍檽垣的肩，轻声说：

"一个月后，我就是温县的一介商贾了。"

此时，公子纠和鲁军也加紧行军，赶往临淄。召忽没有轻视管仲的安危，他通过公子纠向鲁军将领进言，让鲁军的兵马提速。他们很快便接到回报，公子小白正率着两千左右的兵马赶往临淄。鲁军得到消息后，一再加速。途中，公子纠一直很担心：

"夷吾如何了？"

管仲所言悉数成真，公子纠处于震惊之中，此时，管仲的一切行为在他眼中都变得别有深意起来。但是召忽心想：

"百人之兵能对两千兵力做什么？"

召忽觉得管仲所带的人马能打探些消息回来就足够了，没有期待他们有任何战果。这时，管仲的家臣飞驰而来。

"当真吗——"

召忽有些怀疑自己的耳朵。来使说，公子小白被管仲一箭毙命。这只能说是一个奇迹了。这是做事周全的管仲传回来的消息，不能不信。召忽满心惊喜，飞奔到公子纠身边报信。

"当真吗——"

公子纠也发出了同样的惊呼。区区百人之兵居然奇袭得手。刚刚公子纠还觉得自己正望着远处的暗云,即将投身暴风雨之中,可现在眼前的乌云突然消散了。他兴奋地说:

"夷吾干得漂亮!快通报鲁军将领。"

鲁军放缓了行军的速度。

六日至齐——《史记》中是这样记载的。然而,公子纠和召忽还有鲁国将领,在临淄郊外看到了让他们难以置信的一幕。齐军的万人雄师列阵于前,为帅之人正是鲍叔。齐军派使臣来说:

"齐国国君小白不曾召公子纠殿下回国。若鲁军兵戈相向,我齐军奉陪到底。"

"小白不是已经死了吗?"

公子纠面无血色。鲁国将领也非常意外,敌军人数之众已让他丧失了斗志。就在此时,管仲与他所领之兵赶到。

"夷吾,这是怎么回事?"

公子纠手指颤抖地指着前面,而管仲无地自容。此时的管仲定是感觉冷彻骨髓了吧。

"我被鲍叔骗了。"

可即使他如此辩解,又有何用。管仲的箭确确实实是射中了公子小白,但被小白腰间的带钩挡住了,没能刺进去。

小白诈死，被移入辒车，赶至临淄。

"此时应该举行葬礼了。"

管仲远远望着不断赶到齐国都城的人马，让巢画的手下潜入城中打探。但是，他们不知道公子小白当天就即位了。第二天早上，公子小白出现在朝堂之上，士大夫们大喜，奉小白之令，陈兵郊外。有高氏和国氏二人相助，兵力瞬间聚集到万人以上。巢画得知这个消息后，马上就看到了从临淄出发的齐军。

"完了。"

管仲愕然。眼前的一切让人难以置信，一切都已经晚了。管仲怅然若失，巢画嘴唇颤抖着，说：

"属下该死。"

可是巢画并无过失，是天意让小白活下去。管仲这样想着。

桓公莊公

本想拥立公子纠的鲁军不战而退。

根据司马迁在《史记》中的记载，高傒助公子小白即位，小白成为中原诸侯共仰的盟主，确立了霸权地位，史称齐桓公。

但是一直都有观点认为，《史记》作为一部史书的同时，还带有一些历史小说的色彩。公子们争相赶回临淄，先到的成为齐国国君，这样的情节设定充满紧迫感，易于调动读者的情绪，非常适合作为小说的高潮部分。但是在真正的历史中，同样的一群人可能存在于截然不同的时空之中。首先，让我们来看一看《春秋》中的记载：

> 九年春，齐人杀无知。公及齐大夫盟于蔇。
> 夏，公伐齐纳子纠。齐小白入于齐。
> 秋七月丁酉，葬齐襄公。

之前已经多次提过，《春秋》可以算作鲁国的史书，内容以鲁国为主，所以这里所说的九年是指鲁庄公九年（公元前685年）。这本书中所说的"齐人"多指齐国的大夫。从这段记录中，我们只能知道，夏天，鲁庄公攻打齐国以助公子纠归国，之后公子小白回到了齐国。如果《春秋》中记载的是事实，那么司马迁在《史记》中所写的内容就是虚构的。

仔细研读这段资料我们会发现，这里的"九年春"的"春"应该不是指正月。因为《春秋》一书中出现"正月"这个时间时，会明确地写作"正月"。也就是说，公孙无知是在二月或者三月时被杀的。如果鲁庄公是在二月得知此事，考虑到整个过程上要花费的时间，他为了协助公子纠回国，那与齐国大臣在蒇结盟一事最快也是三月发生的。史书中对庄公缔结盟约之后的行动没有明确的记载，不知道他是回到了曲阜，还是从结盟之地直接前往了齐国临淄。但夏季（四月、五月、六月）期间，庄公率大军扫清了反对势力，来到临淄，助公子纠即位。不过，他们没能阻止公子小白回到齐国，庄公与公子纠带着鲁军撤退了。齐襄公的葬礼举行于七月丁酉，也就是七月二十四日。

《管子》一书之中记录了后来发生的事情，还包括一些故事传说。

公子小白和鲍叔从莒国出发，并没有遭遇管仲的伏击，顺利抵达了齐国国都的近郊。然而此时，国都已经是在公子纠的掌控之下。

鲍叔亲自指挥军队，让二十驾兵车先行，十驾兵车在后护卫公子小白。

一驾兵车相当于一百兵力,也就是说,鲍叔所率兵力在三千人左右。开始攻城之前,鲍叔对公子小白说:

"现在国民还不清楚事态如何,殿下近旁不会有人通敌害臣。臣可趁胜负未分,堵住敌方的进路。"

而后,鲍叔还起誓说:

"若得胜,一切听臣安排;若失败,护殿下逃出者授上赏,战死者授下赏。臣领五驾兵车,确保殿下的退路。"

之后,鲍叔头也不回地带着二千兵力冲向临淄宫城,他亲为先驱,终于攻进了宫城,把公子纠驱逐了出去。而正是在此时,管仲的箭射中了公子小白的带钩。

关于管仲的这一箭,还有另外一种说法。《管子》中有记载:

> 战于乾时,管仲射桓公中钩。

乾时是齐国的一条河。秋天,齐军与鲁军再次发生了激烈的冲突。

也就是说,即使管仲向公子小白放箭的地点有各种不同的说法,但那一箭射中了带钩,是确定无疑的。

"这是怎么回事?"

见到退兵返回鲁国的鲁军与公子纠,鲁庄公脸上的不悦再清楚不过。苦心经营化为泡影，他在诸侯之间的颜面也将荡然无存。

得知了这一切都是因为管仲的误报，庄公在心中暗骂：

"晦气的家伙。"

为什么那家伙没有亲自去确认公子小白到底是生是死？都是因为他让手下去确认才弄成这个结果的。庄公一天一夜没有开口讲话，第二天才调整了心情，把情绪低落的公子纠叫到近前。

"弟弟越过兄长自立为君，这有悖孝道，必须把他驱逐出去，让殿下成为齐国国君。为此，鲁国愿举国一战。"

鲁庄公下定决心，出言鼓励这位颓丧的公子。八月初，鲁庄公率兵攻齐。庄公认为当时小白刚刚即位不久，齐国人心不稳，国民对小白是贤是愚尚不了解。

"现在正适合决战。"

庄公抱着这样的想法带兵出征了。这个决定应该是正确的，不过他担心，只要有管仲在，他们还是会失败。

"那个人是被瘟神附身了吧。"

管仲可曾帮助公子纠取得过一次胜利？鲁庄公心中不忿，在行军途中把公子纠叫到近前，说道：

"让夷吾带一些人撤到后方去吧。"

庄公暗示不要让管仲踏入战场，但是一向通情达理的公子纠却说：

"夷吾是孤身边重臣……"

公子纠违抗了庄公的意思。公子纠对庄公，或者说是对鲁军，心中也颇有微词。先前，如果他们肯派给管仲三千兵力，那他就能在公子小白到达临淄之前，将小白及其身边护卫军队一举击溃。鲁军战略上迟钝，战术上疲弱，不战便退了回来，还不及管仲一人之力。总之，公子纠在鲁军的进退之间感受不到支持自己当上齐国国君的诚意。公子纠的兄长齐襄公曾庇护被卫国赶出来的卫惠公，最终助其归国复位，而鲁军远远比不上当初齐军的那股韧性。这样想着，公子纠为自己之前疏远管仲而感到惭愧。

"公子不懂作战。"

鲁庄公生气地讽刺道。

不论你说什么，我都不会让夷吾离开的——这是公子纠的心声。

鲁军从曲阜出发，一路北上，直至济水河畔。大军在这里掉头向东，沿着济水前进，此时已然抵达齐国境内。

鲍叔得知鲁军入侵的消息，献计说：

"守城不出实为下策，应主动出击。"

小白即位后，史书上称桓公，在这里我们也改称他为桓公。桓公询问了两位上卿的意见，得到他们的支持后，下令出兵西进。

齐鲁两军于时水之畔布阵对垒。时水因为时常干涸，所以也被称为"乾时"。时值八月仲秋，想来河里是有水的。

齐军中军薄弱，而鲁军中军雄厚，所以齐军将左右两翼铺展开来，摆出了鹤翼之阵，鲁军则摆出鱼鳞之阵。如果管仲是在这一战中一箭射向了桓公，那就意味着公子纠所领的部队深入了齐军后方。最终，鲁军惨败。这应该是因为鲁军的两侧过于薄弱了吧。

鲁军中军溃败，在齐军两翼的夹击之下，鲁庄公丢失了自己的兵车，在绝境中被其他兵车救起。与庄公同乘兵车的还有秦子和梁子，他们举着君主的大旗从小道逃走了。这二人被齐军追击，最终被擒身亡。

公子纠与管仲以及召忽也在败走的鲁军之中，他们好歹保住了性命。

逃离战场之后，管仲看着周围凋败的士兵，从心底发出一声哀叹：

"又败了。"

他不是在说自己的战绩，而是深深地觉得自己无法胜过鲍叔。

这是公子纠第一次也是最后一次不依靠他人独自进行战斗。不曾打算让位给兄长的弟弟得到了齐国国民的支持，这是事实，是再怎么指责、再怎么批判也无济于事的事实。公子纠直面了这个事实。这一战是他认识自己的一战。手下将士为了主君一齐奋战，只有他们这一支队伍一路取胜。败的是鲁军，不是公子纠率领的部队。因此，公子纠在退回鲁国的路上说：

"一切都迟了，是孤之过。"

他向身边的一众重臣低头谢罪。也许有人并不理解究竟什么迟了，但是管仲明白。召忽表情阴沉，自言自语道：

"是我的错。"

因为召忽把公子纠局限在自己描绘的蓝图中，才落得今日这个凄惨的下场。公子纠这么说是在向众人承认，他接受了召忽的筹划是一个错误。不直接非难召忽，而是责备自己，这也是公子纠的善良吧。

"仲兄啊，我太看重殿下了，可这为殿下带来的不幸比憎恨他更甚。所谓不忠之臣，说的就是我。"

召忽十分沮丧。

"那么，从今日起做个忠臣便好。"

听到管仲的话，召忽微微抬起头。

"鲁公不过是为了彰显自己的实力才出手相助的，他并非侠义之人。离开这个不足以依靠的鲁国，另找一个可以厚待殿下的国家便好。而我，会去温县当一个商贾。"

"这……不可。"

召忽充血的眼睛盯着管仲。

"所谓忠，实在是一件难事。我那一箭改变了殿下的命运，导致鲁军溃败。我绝不是能给殿下带来好运的人。"

管仲心中清楚，战败的原因在自己，如果继续待在鲁国，他要么被定罪要么被放逐。他想在那之前离开公子纠身边，离开鲁国。但是，召忽似乎完全没把管仲的话听进去，他一直在重复：

"不可，不可。"

公子纠应当离开溃败的鲁军，另投他国。

但是，公子纠认为，即使要离开鲁国，也要向为自己出兵的鲁庄公表示感谢，否则就是失礼。这也是他为人笃实的表现。

因此，护卫着公子纠的一众人也朝着曲阜败退回来。

必须赶快。

齐军不会满足于乾时的大胜，必定会从后方追来。据说齐军的将领是鲍叔。从乾时的战场到曲阜，若在平时行军，需要二十日。而如今，惨败的鲁庄公无暇整顿兵力，只带着近臣逃跑，仅十数日便逃回了曲阜。乾时之战大约始于八月庚申（十七日），鲁庄公回到曲阜时是九月初。之后，九月上旬，鲁军败兵也都回到了鲁国都城。

之后不久，鲁庄公便看到了齐军的旌旗。庄公斗志尽失，他心中清楚：

还是要逃。

庄公没有守城一战的心力，齐军一攻上来，守城士兵就会开门逃走。曲阜城中的鲁军只是在苟延残喘。

但是，鲍叔没有进攻曲阜。

而是马上派了使臣到鲁庄公处。

这是鲍叔的一片苦心。

桓公虽然对迎立自己的高氏和国氏心怀感激，但是他预感到这二位上卿会对今后的亲政形成阻碍。所以，桓公虽然尊二位上卿为宰相，却希望能由鲍叔出任相当于政务长官的执政之位。

然而，鲍叔谢绝了。

"臣不过一介庸臣，承蒙君上厚恩，能得温饱足矣，实在难当治理国事的重任。可当此任者，唯有管仲。臣不及夷吾之处有五：宽惠爱民；治国不失秉；忠信可结于诸侯；制礼义可法于四方；介胄执枹立于军门而使百姓皆加勇。此五者也。"

桓公马上显出不悦。

"那个管夷吾射了寡人一箭，箭中带钩，寡人险些丧命。"

鲍叔听了，眉头都没动一下。

"他那是为主效忠。如果君上可以宽宥此罪，召他前来，他一定会同样效忠君上。"

桓公在莒国时就时常听鲍叔说起管仲的大才。他陷入了沉思。二主之臣，岂有忠义？不过细想来，当初襄公逼得自己离开齐国，士大夫们不曾有谁为自己进谏，如今又好似什么都没发生过一样在自己手下效命。比起这些人，管夷吾的想法和行动都更明确，作为臣下要优秀得多。

刚打胜乾时一战之后，桓公叫来鲍叔，问道：

"管夷吾之事，该当如何？"

桓公听说了管仲在战场上的英勇奋战，不想错失这个人才。

"请鲁国放他回来吧。"

鲍叔不动声色地回答道。

"听闻鲁国有一名叫施伯的谋臣，要是让他知道寡人想重用管仲，鲁国一定不会放人。那该如何是好？"

"可以派使臣去鲁国，说鲁国之中有一臣，为我齐国国主所恶。我主欲在群臣之前，斩杀此人，还望遣其返齐。如此请求，定能引渡。"

"好，就这样试试。"

桓公交给鲍叔一队兵马。鲍叔马上展开追击，同时还着手收集情报。如果管仲在乾时之战中战死了，那他所有的苦心就都白费了；如果管仲离开战场后没有回鲁国而是去了他国，那就还需要与鲁国进行其他的交涉。

鲍叔心中打着这样的盘算，所以并没有急追。

"捉一千尾小鱼，也不如捕一条大鱼。"

鲍叔这样想着，特意放慢追击的步伐，没有赶上鲁军，慢慢地向曲阜前进。途中，他得到了一个吉报。据说有目击者见到公子纠在管仲和召忽的护卫下，杀出一条血路，往鲁国方向去了。

"管仲还活着！"

鲍叔心中窃喜，安营扎寨之后，马上选派了使臣。绝对不能让鲁国执政者看破他们此行的目的。

派往鲁国的使臣是阿僄和阿茣。

阿僄能和鲍叔相识都是托管仲的福，在这件事上，阿僄对管仲一直十分感恩；而阿茣的弟弟阿我是檽垣的家臣，他当然也不希望见到管仲亡故或者败落。不过，鲍叔叮嘱说：

"绝不能让他们看出我们的打算。"

齐国作为胜方，比起请求，恫吓的态度才更自然。

鲁庄公见了二位来使，非常露骨地表示出不悦。这也情有可原，作为齐国使臣前来的并不是大夫，只是区区士官。庄公从二位使臣身上感受到齐公对他的不屑，自然万分不悦。

"没有大夫前来，无话可谈。"

庄公很想这样怒斥，但是他强压怒气，不情不愿地说：

"齐公意欲如何，请讲。"

阿僄抬起头。

"谢鲁公。齐鲁两国自太公望与周公时起，一向交好。然而此次两国不幸兵戈相向，不仅我齐国国君，想来鲁公也并非出自本意，都是因有破坏两国友谊的奸人进谗言。那三个人对两国来说都是凶患，鲁公定也深恶痛绝，相信很快就会将其处刑。凶犯中有一人是齐公血亲，也是鲁国公室血脉，但凭鲁公处置。"

阿傃说到这里，心中想道：

"真正的战犯不就是鲁公本人吗？"

虽然他心头涌上了这个想法，但是现在纠结于这一点，就无法完成鲍叔交代的任务了。

"至于另外两人，我国国君希望可以在群臣面前把他们处斩，还望尽快引渡。若以上诸事得成，齐国马上撤军。若不成，鲁公便是与射箭伤我国国君的贼人同路了。"

能够站在鲁庄公面前不卑不亢地陈述诉求，阿傃也成长了不少。可见，光阴锤炼了他的胆识。

庄公听了，狠狠地瞪了阿傃一眼，这是在威胁寡人吗？他嘴唇颤抖着，没有任何表示。

齐国使臣和随行仆从似乎打算接不回管仲与召忽二人就不离开。鲁庄公将他们安置在离宫后，忽然想起了旧事……

乾时一战惨败回国后，施伯曾来说过：

"管仲未达目的，仍留在鲁国。君上将鲁国政事交与管仲处理，如何？管仲若答应，就能削弱齐国。如果他不答应，就杀了他。杀了他之后可以对齐国宣称，我鲁国与齐国一样痛恨此人。这样总比什么都不做要好。"

庄公听了，嗤之以鼻。鲁国政事交由管仲处理，这个想法何止是奇怪，简直就是荒诞。人称贤臣的施伯究竟在管仲身上看到了什么？

"杀了他，很好。"

庄公因为心中郁结了太多的不快和悔恨，说话的语气很无力。对庄公来说，管仲是外臣，从这个人身上他只能感受到不祥，况且正是这个人导致了这场败仗。杀了他就能消除这份不祥吧。虽说如此，管仲并非庄公臣下，无法说杀就杀。首先，该如何处置公子纠呢？

在庄公思考这些的时候，齐军已经越过了鲁国国境。凭自己的伤兵残将无法守住曲阜城，庄公心中十分不安。当得知处罚一人引渡二人便可避免与齐军交战时，他虽然对来使表现出怒气，内心其实是松了一口气的。

"施伯觉得如何？"

为以防万一，庄公询问了施伯的意见。施伯听了，当即语气严肃地说：

"杀了这二人，把尸首交给使臣为好。"

施伯认为，如果让管仲和召忽回到齐国，他们不仅不会被处死，还会被新即位的齐公重用。管仲有谋，召忽有勇，鲁国哪里找得出这样的贤臣？如果让他们回齐国，对鲁国来说就是祸患。况且齐军领兵将领是管仲的友人，与召忽也很亲厚，这一点也非常可疑。

"杀了他们吗？"

事到如今，庄公有些犹豫。将战败的罪名都栽到公子纠一众人身上，自己撇清关系，这是诡诈，有伤自己的德名。战败不会失德，战后的处置才真的反映人的品性。就管仲与召忽二人来说，将他们活着送回齐国交由齐公处置，这对庄公自己的声望是有利的。维护不幸的公子纠，才更显得自己侠勇。

施伯意识到管仲身负大才，而庄公没有，他们在观念上的差别很大。

最终，庄公派人捉拿了公子纠和他那两位重臣，将公子纠遣送至生窦。生窦离曲阜很远，毗邻国境，北面有卫国，南面有曹国。庄公如果有意处罚公子纠，只要把他留在都城便好，没有送往边境的必要。之所以选择生窦，是因为他可以自行逃跑。

这无疑是在暗示公子纠可以逃往他处，想必幽禁公子纠的地方并没有太多人看守。

鲍叔在齐军大本营中很快得知了鲁庄公的处置，不是阿僄和阿蘡回报了消息，就是有暗哨带回了急报吧。

"鲁公想放走公子纠。"

鲍叔觉察出鲁庄公的意图，挑选了一些武艺高强的人，组成一支小队，吩咐道：

"鲁公想要诓骗君上。诛杀公子纠，这是君命。"

鲍叔下达这道命令时，怀着不得已的心情。公子纠本应离开鲁军，向桓公投降才是。若如此，如今他应该已经获封公族之位，过着与从前一样的生活了。管仲不是一个梦想家，对于现实他比鲍叔看得更透彻。有这样的管仲在身边，公子纠却依然落得这种悲惨的下场，可见管仲的进言大多没有被接纳。鲍叔与管仲交往日久，所以他清楚这一点。

"召忽的小智阻碍了管仲的大智。"

这绝不是与己无关的事。接回管仲之后，齐国也可能出现同样的问题。

"我不想成为召忽。"

鲍叔自言自语道。

与此同时，阿僄和阿萛正愤怒地向庄公抗议，因为庄公说要处决管仲和召忽，然后将二人的尸首交给鲁国。

"鲁公是希望齐鲁两国交好，还是想一决高下？若交给我等的是他们二人的尸首，那我齐军会如鲁公所愿，奉陪到底。届时送到群臣面前的可能就是鲁公您的尸首了。"

阿僄大怒，因为他看不到鲁庄公有半点诚意。日子一天一天过去，可一直等不到一个明确的答复，阿僄内心十分焦躁。

"真的被我激怒了吗？"

庄公心惊胆战，决定将管仲和召忽引渡给他们。不过以防万一，还是征求了一下施伯的意见。

"果然，齐公是打算重用管仲和召忽。"

施伯虽然察知了这一点，但若执意提出异议，恐怕会招来齐公的怨恨。与齐公为敌，这可不是好玩的。

事实上，鲍叔也看透了施伯这个人。出发前，鲍叔曾对桓公断言：

"施伯为人敏慧小心。君上想召回管仲和召忽，施伯怕惹君上怨恨，必定不会杀他们。"

在胆量方面，施伯远不及鲍叔。人与人的高下之别，就是这样。

鲁庄公本应该摒除旁人，与管仲单独聊聊。这位二十二岁的君主绝非昏庸，他有着破除旧制、选拔贤臣的壮志。如果他能理解管仲的思想，表现出改革国体的勇气，鲁国定会成为东方第一强国。但是，庄公从一开始就对管仲心怀偏见，一直未能撇开这种情绪。这正是他与齐桓公的差别所在。

施伯答道：

"听闻齐侯随性易骄，即便得了贤臣，也未必能善用。如果齐公能善用管仲，管仲定会成就大业，成为天下敬仰的圣贤。他回到齐国，天下人心向齐，那追随齐国的就不止鲁国一个了。如果现在杀了管仲，他的挚友鲍叔定然十分痛苦，而君上也会为难。不如将管仲和召忽交给齐国来使吧。"

施伯盛赞管仲是圣贤。他心中明白，鲁庄公没能善用管仲，也没能杀了他，事到如今无论再说什么也是无济于事。

施伯毫不掩饰地指出，鲁国现在放走管仲，将来必定要臣服于齐国的事实，他希望鲁庄公能认识到，这位圣贤对鲁国来说是莫大的祸患。

区区一个管仲，岂能改变整个齐国？——鲁庄公肯定是这样想的。有这种想法的君主是无法发现一个人身上无限的潜能的。伊尹被商汤从荒野之上带回，文王被太公望钓上钩，而鲁庄公无论如何也无法成为他们那样的君主。施伯感到深深的失望。

终于，鲁庄公同意引渡管仲和召忽。

阿傫高兴得想拍手叫好，他让阿蘪先行回去报告这个喜讯，然后面无表情地接过被绳索捆着的二人，乘上马车，赶往齐军营地。要是庄公突然改变主意，阻止他们回去，可就麻烦了。所以他不知不觉地加快了马车的速度。进了军门之后，阿傫以手抚胸，松了一口气，马上进去复命。

"干得好。"

鲍叔脸上虽然没有露出太多喜色，心中其实已经乐开了花，他也没想到会开心成这样。以前，从郑国回齐国时，他就想与管仲一起为齐公效力，现在这个愿望终于可以实现了。

鲍叔一面急着派人赶回临淄，一面命齐军缓缓撤退。这是为了管仲一个人而出动的大军。

"将来大家会明白，这次的战果胜过拿下十座城池。"

鲍叔静静地笑了。

管仲和召忽要被当作罪人对待，鲍叔不能去见他们，护送他们的任务交给了阿僄和阿茣。

当时齐军究竟陈兵何处，现在已经不得而知，只知道他们撤退的时候途经堂阜。堂阜是齐国的一个县邑，距曲阜不过百八十里之遥。

管仲在抵达堂阜前，问召忽：

"你不害怕吗？"

他这么问，说明当时是心怀恐惧的。

"没什么可怕的。我现在还活着，就说明齐国时局未定，但齐国很快会安定下来的。齐公如果让你做左相，一定会让我做右相吧。他们一面谋害我的主君，一面又要重用我，这是对我的又一次羞辱。你当为生臣，而我为死臣。如果我面对大国辅政之臣的高位却选择一死，殿下就有了一个死于忠义的臣子；而你活着为齐国谋取霸业，殿下就有了一个生而为国尽忠的臣子。死者成行，生者成名，不可两全，平白无故的牺牲没有意义。所以，你务必好好活下去。我们死者生者，各司其职。"

召忽毅然决然地说着。

死者无畏。

管仲被召忽的觉悟震撼了。

抵达堂阜后，鲍叔沉默地出现在他们面前，亲手为他们解开了绳索。

霸者之路

鲍叔坐在地上,看着管仲和召忽,一字一顿地说:

"久违了。"

这句话的背后藏着苦难的流亡生活。但是在管仲听来,这句话满是苦涩褪去之后的成就感。而与之相对,管仲的心中一片荒芜。

"丧家之犬,便是这样吧。"

他看着鲍叔就能感受到他身后的齐桓公的存在,同时也感受到公子纠已经不在了。

召忽目光阴沉地看向鲍叔,问道:

"殿下被鲁公送往了何处,可知是否安好?"

鲍叔没说一句多余的话,答道:

"已于生窦亡故……"

召忽低着头落下泪来,暗自语道:

"是吗?"

他伏下身子,以手抚地。鲍叔看到他悲痛的样子,拉着管仲站起身,后撤了几步,小声对管仲说:

"是我杀的公子纠,先生恨我吗?"

"不……"

管仲为了自己的主君用箭射伤桓公。如果交换立场，自己一定会与鲍叔一样行事。

管仲上前了几步，说：

"召忽要随公子纠而去，谁也阻止不了了。"

说罢，他闭上了眼睛。即使他不说，任谁看到召忽的表情也都能明白：

这个人的灵魂已经不在了。

鲍叔也觉察到了，只微微点了点头。

当天，召忽自杀了。

对于这件事，后世评价道：

召忽死贤于生

管仲生贤于死

召忽死了，比他继续活下去更有价值，而管仲活着，比他死去更有意义。

管仲清楚，自己失去了主君公子纠和友人召忽，却还要在骂声中继续活下去。与美好的死亡相比，活着是多么丑陋。那么，为什么要活着？为什么要让自己陷于此等丑态？

为了天下苍生——

鲍叔说道。他故意没有说是为了齐桓公，不知这是出于体贴，还是这就是他的本意。管仲不了解桓公气度如何，他带着失意与不安,向齐国都城进发。

鲍叔让管仲焚香沐浴三次。

桓公亲自到郊外相迎。

鲍叔向桓公复命后,进言说:

"管夷吾的政治才能在高傒之上,应当为相。"

桓公见过管仲,说:

"请先生相助寡人。"

桓公只简短地说了这一句,没有多问,不过显然诚意十足。他不仅亲自到郊外相迎,还为管仲准备了大夫的厚遇。桓公大度地给曾经想杀掉自己的人封赏食邑,这让管仲很感动。不过管仲告诫自己,要是因为这份感动便出言逢迎桓公的话,自己就完了。

"这位君主,已经开始试探我了。"

管仲进入齐国都城,被赏了一所大宅,远远便能望见门前十数人跪地相迎。管仲和鲍叔一起从马车上下来,见到眼前两个人站起身来,管仲不由得叫出声:

"啊——"

那正是他的妻子梁娃和儿子管鸣。再仔细一看,他们旁边是护送他们回温县的阿枹和巢连、巢菱。更让他意外的是,梁娃的父亲梁庚也在。

管仲全身涌上一股暖流,双眼瞬间被泪水模糊了视线。他看向鲍叔,知道这全是鲍叔的体贴安排。

"受助，助人，这就是人世吧。"

鲍叔笑着说。"二三日后，先生的家臣也会从鲁国逃出来回到这里。"鲍叔轻声说罢，回到了马车里。

"岳父大人……"

梁庚缓缓站起身来，说道：

"你绝对不可以死。召忽大人不明白什么是为了别人活下去。同样是活着，有的人为了死而生，有的人为了生而生。只有这些拼死也要活下去的人在，才能成就国计民生的大业。"

还是一如既往的一针见血。

"小婿又该如何尽忠呢？"

管仲走进院内，直截了当地问梁庚。

"为国家，为天下——"

"这就是天命吗？"

"你朝齐公射的那一箭被上天挡了下来。上天没有因此惩罚你，而是将你引向参政之位。从前，可曾有过这样的事？"

"不曾……"

"齐公本是应死之人，你也是。而你们现在都顺应天意活了下来。"

管仲感受到了梁庚的好意。正如有人想生而不得生一样，也有人想死而不得死。有人活着却不符合人们通常所说的道义。顺应天命活下来的人，最终也会顺应天命而去，这样想来，也就无须过多执着于自己的生。名誉或耻辱，尊大或卑小，生活中的种种都无须介怀。

"承蒙点拨，不胜感激。"

管仲低头向这位富商岳父致谢。

管仲觐见齐桓公时，桓公当即问了他许多政事上的看法。

说起来，管仲并不知道桓公的确切年纪，他推测桓公应该三十岁左右。一般认为，管仲比桓公年长十四五岁。

桓公突然问：

"爱卿可有安定社稷之策？"

社稷是国家的同义词。

齐国经历了齐襄公和公孙无知的暴政，已经十分疲敝。之前效忠襄公的士大夫都遭到了公孙无知的贬斥，公孙无知的同党都受到了桓公的处罚，公子纠曾渴望成为齐国国君，但他的愿望落空了。加上连年征战，国民不能安心务农。桓公不愿将政事委于大臣，却也不知道该从哪里下手。当然，桓公也向高氏和国氏二位上卿询问了安定国政的方略，但是这二位上卿的回答并没能让桓公感到满意。

"这种事情，寡人自己也清楚。"

其实，问话人的问题中就蕴含了答案，桓公不过是在自问自答罢了。桓公还只是公子的时候眼中的大臣，与他成为君主之后眼中的大臣完全不同。人的立场不同了，对人的看法也会改变。可以说，流亡生活与后来的战争让桓公的心智急速成长。现在的他再来看高氏和国氏，觉得那二人毫无长进。

"原来如此，正如叔牙所说。"

若将国政交与二位上卿，齐国是不会有任何发展的。对自己的这份不甘，管仲又会如何应对呢？

被桓公问到的时候，管仲觉得桓公是在试探自己，所以大胆直言：

"君上若能成为一代霸主，社稷自然可以安定。若不能成为霸主，社稷就无法安定。"

所谓霸主，就是诸侯之首，称为"伯"。桓公眉宇皱起，说道：

"寡人并不想成为霸主。这种志向过于宏大，寡人但求社稷安定。"

"那么，社稷是不可能安定了。"

管仲的意思是，先天下，后齐国。但桓公觉得这个先后顺序颠倒了，言语间多了几分凌厉。

"寡人无法成为霸主，你不要说一些不可能的事，说说能做到的。"

管仲所言之事犹如让他冲上云霄，要是不指明通天的云梯在哪里,那不过就是孩童的戏言。

管仲的表情严肃了起来。

"君上没有处死臣,乃臣之幸。而臣没有追随公子纠而死,是因为臣想助齐国安定社稷。然而君上若只拘泥于齐国一国,社稷是无法安定的。既不能安定社稷,又不能随公子纠而死,臣实在无颜待在这里。"

管仲说罢,跑出了宫外。

桓公见状,不但没有生气,反而笑了。

"不得不称霸。"

其实,桓公心中已然有了平定天下的宏大志向,他想将复兴齐国作为实现这个志向的基础,所以才烦恼不知如何开始。各国都安于旧制之下的平静,偶尔因小利起争执,国力却都在衰减。若所有国家都这样下去,中原必定衰败,周王朝早晚会为蛮夷所灭,届时,诸侯只能俯身为蛮夷番王提履。桓公对未来有着这样的担忧,所以想要改革齐国国政,进而改革整个中原。如今周王心中已经没有中原之民,这是怠惰的表现。如果不能让天下人意识到周王大权在握只是一个假象,中原就会充满危机。至于具体要如何做,桓公感到茫然无措。

提到"霸主"一事的,就只有管仲一人。

"原来如此,叔牙诚有识人之明。"

桓公从座上起身,追了出去,这把左右近侍吓了一跳。

桓公跑了又跑，终于在宫门附近追上了管仲。冬季天气寒冷，他却跑出了汗。

"定要如此的话，寡人愿意努力成为霸主。"

管仲马上稽首再拜桓公，说道：

"君上若愿成为一代霸主，臣定当效犬马之力。"

从此，管仲的大改革开始了。

管仲的家臣回来了。

糯垣和巢氏兄弟以及阿朱等重臣在管仲被鲁庄公抓住时曾商议合力救主人出来。

他们原本打算冲进关押管仲的地方，杀了看守，把管仲和召忽救出来。但糯垣说：

"我有一事不解。传闻说公子纠殿下被送往边境，而作为殿下辅臣的这二位大人却被留在了曲阜。齐军将领是鲍氏，现在在离宫中住着的齐国使臣是阿僄和阿羿。无论怎么看，鲍氏都是打算接回两位大人。阿羿的弟弟阿我是我的手下，我们二人先去探探消息吧。"

他们觉得夜里应该有办法潜入离宫，但探查之后发现，离宫守卫森严，贸然行动的话危险太大。

"他们不可能一步不离开离宫。"

阿我说道。于是，他们耐心地等着阿僄和阿羿外出。终于，他们见到阿羿乘上了一驾挂着使臣旗帜的马车。

"他是去向鲍氏报信的。"

濡垣和阿荑这样想着,赶忙乘上马车,跟在后面。所幸,他们在郊外追上了阿荑的马车。阿荑停下马车,得知追过来的是弟弟和濡垣,面露喜色。

"鲁公答应将二位大人引渡回齐国,这是好事,你们很快就无须继续留在鲁国了。现在我能对你们讲的只有这些。"

阿荑说罢,便离开了。

濡垣眼眶一热。

"是鲍叔大人救了我们主人。"

这样一来,姐夫鲍叔与主人管仲终于可以携手为君上和齐国效力了。濡垣盼着这一天不知盼了多少年,如今他都已经三十四岁了。

"我们去齐国!"

濡垣和阿荑赶回曲阜,把这个好消息告诉大家之后,马上离开了鲁国。他们告诉鲁国的官员说:

"我们想见主人最后一面——"

当他们得到许可,全员离开鲁国时,管仲已经受封大夫,成了桓公的谋臣。

"主人是大夫了。"

他们在管仲府邸门前齐声欢呼,门卫吓了一跳,赶忙进去通报。当时管仲还在宫中,家中只有梁娃。梁娃马上命人开门,跑出来迎接了与管仲共患难的众人。

"夫人……"

大家见到梁娃,放下心来。

"大家都还好吗?可有人在战场上负伤?有没有人生病?"

梁娃一一问过每一个人,慰劳了他们的辛苦,有不少人在这一声声安慰中落下泪来。接着,梁娃向檽垣略一领首,郑重地说:

"家中事务,有劳管家了。"

檽垣不知不觉间也落下泪来。明明应该笑的,却忍不住地落泪。

当夜,众家臣得知管仲回到宅中,于是聚集在庭前。

"我没有受到重刑,反而背负了重责。同时,诸位的责任也变重了。只要诸位在我这里一日,就务必比别家的人加倍努力。是否清楚?"

听了管仲的话,檽垣起身说道:

"关于政治,上古贤士皋陶曾说,'在知人,在安民'。家中之事我等定当尽力,主人可以全心为君上和国家效力,以安民生。"

管仲听了,柔和地一笑,语调明朗地说:

"我虽不是皋陶那样的贤臣,但一定会努力让君上成为大禹那样的贤王。"

管仲提出了改革国政的基本方针。

最初，关于齐国的整顿重建，管仲是这样说的。

"昔日，历代周王都是依仗文王和武王积累下来的功绩成就名望，手下聚集了众多的老臣。他们在国民中进行重重的比较、考察，挑选出品行优异的人，画像公示，以这些人为民之表率。用人必须公平适当。依法治民，必须平等，才能把法度推行到各种层面。推行法制需要有赏赐，矫正不端需要有刑罚。按照头发的长度确立长幼次序，以此为民之纲纪。"

桓公问道："我齐国如何才能做到这样？"

管仲答道："昔日圣王治理天下，三分国都，五分地方，定民之居，成民之事。陵为之终（墓地），慎用六柄（生杀贫富贵贱）。"

"如何才能成民之事？"

"不可使四民杂居。杂居会使言语混乱，百姓赖以为生的职业也容易改变。"

这里所说的四民是指士、农、工、商。

"士、农、工、商的住所，该当如何？"

"昔日圣王让士居于清静之地，工居于官府之中，商居于市井，农居于田野。"

管仲认为，人会受到所处环境的影响。让从事同一行业的人聚居一起会带来很多便利，提高生产效率，减少浪费，节省民力。

"国都的规划,又当如何?"

"将国都分为二十一乡。"

管仲答道。之后,在桓公的许可下,他开始整顿都城的区划。工商六乡,士十五乡。士族的十五乡要提供兵力,桓公与国氏及高氏三人分别率领五乡之兵。

管仲优先安排了都城内的规划。完成之后,桓公又问他:

"地方五分之策又是怎么回事?"

"依土地不同,将税赋分级,国民就不会迁移了。"

"如何规划地方人民呢?"

"三十户为一邑,一邑之长为邑司。十邑为一卒,一卒之长为卒帅。十卒为一乡,一乡之长为乡帅。三乡为一县,一县之长为县帅。十县为一属,属中有士大夫。共五属,故共五位大夫,每人分治一属。这是地方行政,在此基础之上,设五正以听政事。由正负责属中政事,由牧(五大夫)负责县中政事,再往下的地方政事由乡负责。"

管仲的工作堆积如山,改革整顿立法和行政让他忙得无以复加。后来管仲曾说:

"民之观也察矣,不可遁逃以为不善。"

国民观察为政者和政治的眼光十分敏锐,洞察力非常强,为政者无从遁形。他们的反应迅速而准确,为政者甚至不需要回到家中向家人询问自己的风评如何,从国民的态度上就可以知道。若行善政，马上会有褒誉；若有过失，马上会有批评。所以历代君王都畏惧人民。如果确立起好口碑，受人敬慕，为政者会变得强大。如果得了恶名而见弃于民，为政者会变得疲弱。哪怕是天子和诸侯，如果风评不好，被国民反感，最终也只有舍弃领地遁逃他处了。

所以管仲认为：

君主也需要敬畏人民。

然而，桓公误以为霸主之路是一条穷兵黩武的道路。

攻打鲁国——这始终是桓公的军事主题。

鲁国兵弱，只要和鲁国交过手就能清楚。乾时之战中鲁军溃败而走，其状甚惨，显而易见。

同年冬，桓公向鲍叔询问：

"来年春伐鲁，如何？"

"管夷吾怎么说？"

"他说不可。"

桓公对管仲说想优先加强军备，管仲回答说不可。国民疲累，应当予以抚慰，把兵器收入库中。齐国社稷尚不安稳，如果战事优先于民生，外交上与诸侯不睦，内政上与民不亲，这样只会不断与成功背道而驰。

"寡人知道了。"

当时桓公表现得通情达理，但实际上他心中的不满并没有消除。鲍叔仅率一军都能让鲁国战栗不已，要是再次攻打曲阜，破鲁岂不是易如反掌。

"夷吾所言极是，我齐军必败。"

"鲁国只有弱兵，如何能敌齐军？"

"哪怕是百战百胜的勇士，在病弱时，也可被孩童取走性命。君上似乎还没有完全信任夷吾的才干，不过君上很快就会知道，夷吾所言实在是非常正确。"

"说得好。究竟是寡人说得对，还是夷吾和你说得对，我们就试试看。"

桓公固执己见，命高傒率一军，待明年攻打鲁国。

"直攻至曲阜。"

高傒领了桓公的命令，没有绕去走大路，而是翻山越岭奔曲阜而来。其实，高傒对这一战并没有什么斗志。国中正值杀伐动荡，即使是在朝堂之上都有人拔剑互斩。鲍叔对此甚是忧心，他问管仲：

"国中死者众多，是否事关利害？"

管仲答道：

"无法阻止，也无须阻止，这些都是贪婪之辈。我担心的是诸国正义之士不愿来齐国，而齐国的正义之士也不愿效命于齐公。因争利而丧命的人，一无是处，不足为惜。"

高傒在拥立桓公一事上尽力颇多，他的功劳得到认可，确保了上卿的地位，但是他并没有得到很多参与国政的机会。

"两卿负责军事与外交就好了。"

桓公虽然没有明确地这样表示,但是国内正在慢慢形成这样的局面。

"早知如此,拥立公子纠就好了。"

高傒禁不住这样想。但是齐僖公遗言"小白就交给你了"。言犹在耳,高傒自己也因为实现了僖公遗愿而颇有成就感。高傒知道,欲无止境。他还知道,邀功只会给自己带来没落。

"看看鲍叔。"

高傒在意的是这个人怎么做。

鲍叔是太傅,于桓公而言如父如兄,他与桓公一起饱尝了亡命在外的苦难。当初是鲍叔决意回国,他是让桓公成功登上君主之位的功臣,在军事方面也是才能非凡。凭借这样的才干,鲍叔本可以桓公辅臣自居。但是他并不奢望卿位,而是举荐了友人管仲,自己退居大夫之位。虽然他依然是桓公的谋臣,但是已经不再在政治上多露头角。

"从不曾见过这么了不起的人。"

即使是善于洞察人心的高傒也不得不默默感叹。在一个人的进退取舍之间,可以知道此人真正的价值,眼前就是一个以退胜进的例子。高傒不禁有些感动,他不曾见过像鲍叔这样出色的人。鲍叔一直以来的所作所为毫无半点私心,一切都是为了君主和国家,虽说他和管仲的友情举世无双,但是举荐曾射杀桓公的管仲,也绝非常人能做到的。

无论如何,鲍叔的言行堪为齐国群臣的表率,更是齐国国民的精神骄傲。

"而我又如何呢?"

高傒没有专断弄权的想法,如今他位居上卿,人臣的最高位,已没有更多奢望。若要他自问有什么不满,其实也并没有。如果桓公欲行善政,那么高傒只想一心辅佐。不过,高傒对攻打鲁国这一军事行动心怀疑虑,但他没有向桓公提出质疑。高傒对这样的自己感到不满。

"会一路顺利抵达曲阜吧。"

谨慎如高傒也难免抱有乐观的态度。之前乾时之战,鲁军弱得不堪一击,让高傒印象深刻,所以他需要思考的问题是包围曲阜之后该如何做。若逼鲁庄公投降,押他去订立盟约,会有损齐桓公的德行;相反,不强逼庄公屈服,与鲁庄公结盟,让诸侯看到齐鲁两国之友好的做法更为理想。这是高傒对外交方面的担忧,所以他对这次进攻抱有疑问。

然而,高傒得到了一个意外的消息。

"鲁军正在急速北上……"

而且听说是鲁庄公亲自率军。照目前的距离来看,两军大约会在长勺相遇。

"不是真的吧?"

高傒迟迟不能相信。鲁国兵弱,且兵力不多,守城不出才是上策。如果这一战庄公再次惨败，恐怕就没有颜面回曲阜了，届时庄公打算怎么办？高傒有些同情庄公的鲁莽无谋。

但是，高傒更应该疑惑的是鲁国出兵之速。长勺位于临淄和曲阜的中间位置，如果鲁军不是在齐军自临淄出发后不久就出动了，两军是不可能在长勺相遇的。高傒应该好好想一想鲁国的情报网有多精确，还应该意识到这支鲁军已经不是当年的鲁军了。

可是鲁军的兵器没有焕然一新，兵制也没有改革，表面上鲁军似乎并没有任何变化。唯一的不同是鲁庄公的兵车上，站在庄公身旁的大臣是一个去年不曾见过的人。此人名叫曹刿。

"刿"这个字有"相见"的意思，借音"会"。这个人可以算是鲁国历史上的一个异数。曹刿之前不过是一介无名乡士，眼见着鲁军接连战败，他十分愤怒，指责君主无能，不顾乡里反对，毅然孤身一人离开乡里，前来觐见庄公，以国师一般的口吻直指庄公在用兵上的问题。于是，庄公让这位从天而降的奇才作为军师，与自己同乘兵车，共赴战场。最先觉察到齐国出兵的，正是这个曹刿。

两军在长勺展开了对决。

高傒被打了一个出其不意。第一通鼓后，大军出动。然而齐军动了，鲁军却没有动。

"鲁军是害怕了吗？"

高傒这样想着，击了第二通鼓。齐军开始小跑，准备展开突击。如果此时鲁军仍旧不动的话，就无法阻挡齐军的进攻了。然而，鲁军却依然一动不动。

"鲁公果然不懂战术。"

高傒这时已经确信了这一战会取胜。

"大破鲁军！"

高傒高声喊着，击响了第三通鼓。齐军一齐呐喊，冲向鲁军，而鲁军在这一刻突然动了起来。曹刿告诉庄公，第一通鼓时士兵气力充足，第三通鼓时齐兵应该已经力竭，而此时鲁军再出动，就必然处于上风。齐军之前已经行进了很长的距离，在第三通鼓时感到不安，节奏被打乱。鲁军趁乱一举攻破了齐军。齐军的败势瞬间扩大，最终全军溃败。鲁庄公见状大喜，他想要下令追击，却被曹刿制止了。曹刿从兵车上下来，查看了齐军兵车留下的车辙，登上车头又看到了倒下的齐军军旗，说：

"可以了。"

而后才开始追击。鲁军大胜。后来，曹刿对庄公解释战术时说：

"当时没有马上追击是因为齐军有可能在佯装败走。"

如果是佯败，必定要将后面的追兵引到自己设有伏兵的地方。佯败之兵在败退时行军整齐，车辙的痕迹不会杂乱，军旗也不会倒，然而齐军当时并非如此，所以曹刿才断定可以追击。庄公听了，甚是佩服。

此后，曹刿成了深受鲁庄公信任的重臣。

齐军败兵之将高傒回到临淄复命时，完全抬不起头。齐桓公柔声安慰他说：

"寡人没听夷吾与叔牙的进言，是寡人之过。连累爱卿受苦了，还请原谅。"

天下主宰

桓公攻打鲁国失败后，在军事方面也开始事必询问管仲的意见。

比如，桓公曾提出过这样的问题。

"用兵该当如何？"

桓公想要了解更多实战上的技巧。但在管仲看来，这方面并不重要。因为桓公是君主，即使领兵亲征，亲自下令指挥军队的机会也不会太多。所以，他回答说：

"五战而至于兵，是谓用兵也。"

所谓含蓄深邃，就是这样。通过回答君主所问的事，来指导君主治国的方略。仅限于语言游戏的问答没什么益处，而能让提问者从回答中受益，才是好的回答。

不过，桓公没能马上理解管仲的用意。

"爱卿此言何意？"

"战衡，战准，战流，战权，战势。此所谓五战而至于兵者也。"

"寡人明白了。"

桓公虽然懂了，但后世的我们却不懂。

衡者，事物价值高低之标准；准者，事物价值之均值；

流者，即物流；权，指君主的权威；势，指国家势力。做好这五件事，就能作用到军事上。

管仲所持政治思想的主题是：

凡治国之道，必先富民。

也就是说，富国为先，强兵为后。民富，则政治易行；民贫，则政治难行。政事和军事的优劣取决于国民的贫富，下层不牢，上层难立。

同年夏，桓公又问管仲：

"与宋结盟，一起攻鲁，如何？"

管仲答道：

"臣不反对援助宋国，但是陈兵阵前并无益处。"

管仲提出了折中的意见。出兵作战会有损国力，陈兵阵前三十日，会耗费一年的积蓄。桓公听管仲这样说，心中想的是：

"可是有的战事，不得不打。"

桓公内心甚是不悦。正月，鲁军在长勺大破齐军，信心倍增，二月又入侵了宋国。鲁庄公似乎以为自己已经是一代霸主了。桓公思及此，心中气闷。鲍叔将桓公的烦躁看在眼中，进言说：

"鲁公对德行有误解，以武建德是不能长久的。"

鲍叔建议桓公与宋国结盟。迫害弱国不是霸主该有的行为，救助弱者才是真正的霸主所为，鲁军进攻宋国，可以为齐国带来好处。齐国一直在外交上受到孤立，鲁国的军事行动正好为齐国开拓了道路。

"好，与宋国结盟。"

桓公马上做出决定，与宋国缔结了盟约。宋国有军事行动时，齐国需要提供援助。所以，桓公再次命高傒领兵出征。

"夷吾以为如何？"

高傒故意这样问。虽然他知道这一战是有意义的，但他还是想知道管仲的看法。

"他说，久守阵地并无益处。"

"那么，臣别无他话。只待速速出兵，速速回来复命。"

六月，齐宋联军攻鲁。

然而，这一战也未有战果。宋军布阵不利，被鲁军抓住了弱点，宋军败退后齐军也速速撤退了。桓公越发不满，但脸上没有表现出来。

"高傒没有将才吗？"

桓公心中涌上了这样的疑虑，却没有问管仲的意见。

"哎呀！"

桓公意识到了自己的变化。以前，自己是通过询问鲍叔和高傒来对国事进行决断，如今，他已经把管仲的话奉为准则了。

"夷吾智慧无限，真可谓神识也。"

这样的人才就待在公子纠身边，公子纠却没能看出他的大才，实在是不可思议。桓公再次对鲍叔的洞察力表示钦佩，不经意间称赞了鲍叔，而鲍叔却说：

"可以承载天降之水的，唯有大江大海，用容量小的器皿承接天降之水是装不下的。能善用夷吾的，不是一国之器，而是天下之器，非君上莫属。"

如果把管仲的智慧比作天降之水，那么能让他发挥才干的就必须是广大的中原。将眼光局限在一国之君的位置上，嘲笑公子纠的桓公自己也该被嘲笑。

桓公在慢慢地发生变化。

去年夏天，桓公回到齐国后常说：

"谭国与莒国罪不可恕，寡人现在就想打过去。"

当初桓公从齐国逃出来，辗转于东南各小国之间，在谭国与莒国备受冷遇。谭国在《史记》中被记载为郯国，实际上二者不是同一个国家。谭国并非位于临淄东南，而是临淄的西边。郯国位于莒国以南，谭国与郯国相距六百里以上。桓公为了逃命而离开齐国，先是向西，来到谭国。从谭国继续向西的话就能到卫国，可见桓公当初是想过逃往卫国的。但是从位置来看，可以在齐国出现内乱时马上回到齐国的地方不是卫国而是谭国。如果谭国这个子姓之国曾厚遇桓公一行人的话，他们是打算躲在谭国的。然而谭国国君心向襄公，没有展现出允许桓公寄居的大度。

"谭君不知礼数。"

桓公并非不清楚各诸侯国都有自己的外交政策，可是谭国君臣对他们的态度实在是不敬，这让桓公愤然不已。离开齐国并不只是逃亡，这是一个有意义的行为，而旁人没能理解其中的深意，这让桓公意识到：

"我必须成为强者。"

弱者相互扶持，这只是一句空话，事实上都是在依附强者。

谭国君主的无礼还不止这些。桓公即位后，诸侯致贺，而谭国没有。

时至晚秋，桓公向管仲征求意见。

"下个月，攻打谭国，如何？"

管仲稍顿了一下，而后说：

"能否再等一等？"

他想请桓公重新思考这件事。

"寡人要矫正谭国君主的无礼。等了又能如何？"

"称霸之人，必须要等。如今，齐国与鲁国相争。所谓相争，即二者势均力敌。若强于对手数倍，可一举铲除，君上攻打谭国，便是如此。若有十倍于对方的兵力，便可不战而使其顺服，若有百倍于对方的兵力，便可使其受教化。矫正无礼并不是要将其消灭，而是使其受教化。如此，君上端坐于堂上而成就伟业，以霸主之姿君临天下。"

如果桓公清楚了什么是弱者，就会明白自己只需要去成为强者。齐国的国力要是能再强十倍，就可以不动一兵而降伏谭国。

"这样啊……不过，这次不能等。寡人毫无轻视爱卿所言之意，但是谭莒二国，实在不可饶恕。"

十月，桓公命高傒领兵，灭了谭国。谭国与莒国似乎缔结了盟约，所以谭国君主逃到了莒国。

谭国这个小国位于齐国向西方推进的要害之处，除掉这个异姓国有着重要战略意义，这使得自济水之畔至临淄之间的道路皆在齐国的支配之下，交通变得更为便利。

翌年，桓公迎娶了周王之女共姬为正室。

这一年，桓公完全不曾提出兵的事。内政方面，他不断询问管仲的意见，认为好的就果断执行。鲍叔得知后，入内觐见桓公时称赞道：

"君上如今就好像有才能的官吏一般，勤勉于政务。"

桓公听了，苦笑了一下，又略带喜色地说：

"去年灭掉谭国后，寡人有些后怕。因为寡人想到，仅仅得此一小国，却可能失去夷吾。失去了夷吾，就无法得到天下。以前叔牙所言，句句切实。因此寡人得到捷报后，马上去向夷吾谢罪；而夷吾说，良臣岂能因一次过失而责怪君主。夷吾没有怪罪寡人，反而责怪自己。所谓教化，应该就是这样吧。寡人如今并非有才能的官吏，而是以管夷吾为师，修习政事的弟子。"

后来,桓公对管仲格外敬重,尊称他为"仲父"。

又过了一年,桓公在军事方面谨慎自持。

其间,宋国发生了弑君逆行之事,宋闵公被宠臣南宫万用棋盘砸死了。而后,宋国的大夫们勠力捉拿南宫万,拥立太子御说为君,史称宋桓公。

"必须平定宋国之乱。"

齐桓公想要召集诸侯会盟,他先问了管仲的意见。管仲的改革推行得很顺利,齐国国力大增。

"臣愿同往。"

管仲的回答让桓公心情大好,马上派使臣前往各诸侯处。

翌年是齐桓公五年(公元前681年),也就是鲁庄公十三年。同年春,诸侯会盟于齐国的北杏。但是出席者中只有齐桓公是一国之君,宋、陈、蔡、邾四国来的都只是大臣。卫国与鲁国更是无视了此次会盟,不曾派人出席。

"寡人的实力就只是这样而已吗?"

桓公落寞地笑了笑。

"所谓德,不在有,而在积。君上之德尚且局限在齐国之内,已经得聚四国之臣,该当惊叹。"

"是这样吗……"

桓公并没有满足。

此次会盟是要商议是否认可宋国新君，商议的结果是认可，所以诸国没有攻打宋国便散去了。

"这样好吗？"

这次会盟没有什么成果，桓公觉得欠缺了些什么。

"足够了。"

管仲的语气十分明朗。这次值得纪念的首次诸侯会盟圆满完成，管仲甚为喜悦。虽然桓公还没有理解此次会盟的意义，但管仲认为这是历史上一个重大的事件。因为本应由周王决定是否认可宋国的新君，如今却由桓公召集诸侯商议了此事。此次会盟的盟主是桓公，这就意味着齐桓公取代周王，建立了新的权威。

"接下来，与鲁国结盟尤为重要。"

在回临淄的路上，管仲这样说道。若与邻国一直处于断交交战状态，齐国的外交难有进展。齐国应当成为全天下的结交对象。

"与鲁国结盟吗？"

桓公有些不情愿。同样，鲁公也对与齐国结盟心怀抵触。

回到临淄，桓公一脸不悦地问高傒：

"夷吾说应当与鲁国结盟，你觉得呢？"

高傒马上献计说：

"可谴责遂国无礼，进攻遂国，以此迫使鲁公同意结盟。"

鲁庄公厌恶齐国,即使齐国提出恢复邦交,他也不会答应。那么,就只有从军事上施压。曲阜西北处有一个名为"遂"的小国,遂国国君也没有出席本次会盟,所以可以遂国无礼为由出兵,拿下遂国。齐军进驻遂国,会对鲁国产生无形的压力。遂国与曲阜相距约一百四十里,不过四五日的行程。如果在遂国竖起齐军的大旗,鲁庄公定会觉得喉间被人抵了把匕首。届时,齐国再提出恢复邦交,鲁国不会不同意。这就是高傒的计策。

"好,攻遂。"

六月,齐军突袭遂国,遂国灭,齐军派兵驻守。鲁国被打了个出其不意,而后开始加强军事戒备。

"鲁公肯定焦躁不堪了。"

桓公嗤笑着,于秋意阑珊时,派使臣前往鲁国。最终,鲁庄公只得难掩不甘地表示:

"请与齐公一见。"

鲁军在长勺大破齐军,又让宋军败走,明明大扬了武威,却仅仅因为齐国攻下了遂国就被迫赴齐桓公的会盟,是为大辱。然而,如果此时拒绝会盟,就不得不在国防上耗费大量的人力和物资。

同年冬,鲁庄公一脸不悦地来到会盟之地"柯"。到达柯地时,曹刿上前询问鲁公的意图:

"君上意欲如何？"

"寡人生不如死。"

死也不想向桓公低头，这是鲁庄公的真实想法。

"若如此，君上负责解决齐公，臣负责解决齐国来使。"

说着，曹刿以手抚剑。一瞬间，鲁庄公的眼中放出了光芒。

"寡人明白了。"

鲁庄公是一个有胆识的人。他平静地走向会盟的台阶，曹刿紧随其后。齐桓公已经就座于台上，台下可以见到管仲的身影。庄公默默地登上台阶，突然拔剑冲向桓公，曹刿也立马冲向管仲，以白刃抵在管仲喉间。齐国重臣倒吸了一口凉气，却什么也做不了。庄公用剑控制住了桓公。此时，管仲开口了。因为喉间被利刃抵着，所以他没有回头，问道：

"鲁公意欲何为？"

他眼前的曹刿厉声说道：

"齐军毁我鲁国城池，压境国都。还望齐公好好思量该怎么做。"

"所以，鲁公所图之事是——"

"还请归还汶阳之田。"

汶阳之田指的是汶水之阳的领地，包括龟阴、谨等县邑。管仲缓缓地回头，说：

"请君上应允。"

桓公保持着侧身的姿势，对庄公说道：

"好。"

曹刿听了，稍稍放松了警惕，目视桓公，说道：

"请缔结盟约。"

他请桓公从台上下来，缔结了盟约。曹刿见事成，马上扔了剑，迅速退了下去。

桓公回到临淄后十分恼怒，说道：

"寡人绝不会把汶阳之田交给他们。"

屈服于鲁国的恫吓有伤齐国的威势。然而，管仲却进言说：

"不可。"

管仲说，对方为了不缔结盟约而打算劫持君上，君上不曾察知，不可谓智；受制于人而无法拒绝对方的要求，不可谓勇；答应了对方却又不归还应许的田地，不可谓信。不智不勇不信，如果这三点全占了，是无法建功立名的。但是，如果把田地还给他们，虽然失去一部分土地，却可以保全信义。如果能向天下人展示出自己的信义，那收获的东西要比田地大得多。

桓公听进去了，这度量也是非同寻常了。于是，汶阳之田被还给了鲁国。对此感到吃惊的不仅仅是鲁国君臣，还有天下人。关于这件事，《春秋公羊传》中是这样记载的：

> 桓公之信著乎天下，自柯之盟始焉。

此后，乡野贤士纷纷慕桓公之名而来。

宁戚便是其中之一。此人生于卫国，家中贫困，生活窘迫。他听说了桓公的事迹，心想：

"我愿为齐公效力。"

于是，他决定用牛车驮着货，边行商边前往齐国。他知道自己在齐国没有相识的人，没有人为自己引荐，到了齐国也是枉然，但是仍然难以抑制地想去齐国。

"齐公若真是英主，一定会注意到我。"

宁戚抱着这样的信念，并不认为这种近乎奇迹的事是无谋或愚行。

日复一日，他终于来到了临淄。

日落后的城门默然矗立，仿佛在对他说：

"这里不欢迎你。"

宁戚有些失望。因为他进不去城内，只好在城外露宿。他一面望着头顶上的星空，一面思索着今后该如何是好。

不知是上天有意给心怀大志之人机会还是什么别的原因，这天夜里，城门开了。

城内出来了很多人，火把众多，把附近照得白昼一般。这些人口中喊着：

"让开，让开。"

宁戚的货车瞬间被挤到了一旁。虽然是深夜，桓公却亲至郊外迎客。

"啊，齐公出来了。"

宁戚给牛喂着草料，在货车下面看着城中出来的队列，突然悲上心头。桓公近在身旁却不得觐见，甚是悲哀。宁戚站在那里，手击牛角，唱了一首节奏明快的歌。幸运的是，歌声传到了马车中桓公的耳朵里。桓公探出身来，握住侍从的手腕，说道：

"这歌声非同寻常，必非凡夫俗子。"

桓公命人请唱歌之人乘上后面的马车。回至宫中，侍从请示桓公如何安置带回来的歌者，桓公换下了外出的衣冠，决定见一见此人。

宁戚没想到真的能见到桓公，他详述了自己的治国方略。翌日，他又阐述了自己关于治理天下的想法。

"此贤士也。"

桓公想着，决定重用宁戚。但是，群臣中马上传出了反对的声音。

"那人是卫国人。卫国距齐国不远，君上应派人前去调查此人的背景。若查明此人真的是贤士，再起用也不迟。"

但是，桓公没有同意。

"非也。派人去卫国查问，就是怀疑宁戚身有小恶。以小恶而忘大美，如此为君，会失去天下之士。"

最终，桓公决定重用宁戚。桓公算得上是一位耳聪目明的君主。

关于宁戚，还有一段逸事。

桓公有一次与管仲、鲍叔和宁戚一起饮酒。饮宴正酣，桓公对鲍叔说：

"来，爱卿何不起身为众人祝酒？"

于是，鲍叔举杯起身，郑重地说：

"愿君上无忘受难莒国，管子无忘束缚在鲁，宁戚无忘饭牛车下。"

桓公听了立刻起身离席，拜谢鲍叔，说道：

"只要寡人与众卿不忘爱卿所言，齐国社稷便不会衰败。"

鲍叔说得十分恳切。说起来，桓公能登上君位，管仲能够执政，都有赖于鲍叔，给齐国整个国家带来隆运的正是鲍叔。桓公心中十分清楚这一点，于是起身再次拜谢。

齐桓公六年（公元前680年），齐国与陈国、曹国一起伐宋。

因为宋国背叛了他们的盟约。

最终，在这一年冬天，桓公举行诸侯会盟，复与宋国结盟。会盟是在一处名为"鄄"的地方举行的，史称"鄄之会"。此次，宋桓公、卫惠公、郑厉公第一次出席了会盟。而且，作为见证人，周王室派来了单伯。周王室中，厌恶齐国的周庄王亡故，周僖王即位，齐国与周王室的关系迅速得到改善。

"是无视周王室，还是利用周王室？"

齐国的朝堂上肯定讨论过这个问题，最终他们得出的结论是：无视周王室并非良策。因此，春天出兵攻打宋国之前，桓公派使臣到周王处请命：

"齐将攻宋，请王室一同派兵。"

作为王室的回应，单伯率兵前来与齐军会合。桓公让王室之兵列于阵前，单伯居中调停，最终使齐宋两国得以议和。这既长了单伯的面子，也使其背后的周王恢复了一些威信。此事之后，周王命桓公替自己行使军权，这就意味着，周王承认桓公霸主地位的道路被打开了。鄄之会也许可以看作桓公霸主地位得到认定的预演。

翌年春，诸侯又会盟于鄄。出席的有齐桓公、宋桓公、陈宣公、卫惠公和郑厉公。关于此次会盟，《春秋左传》中是这样记载的：

齐，始霸也。

但是，鲁庄公没有出席这次会盟。

翌年，出席诸侯会盟的君主又增加了三人，一共八人。

许、滑、滕三个小国的君主也前来参加。而这一次，依然不见鲁庄公的身影。

话说，鲁庄公的生母、齐襄公的情人文姜，此时如何了呢？文姜得知襄公被公孙无知杀害的消息时，正在鲁国。之后大约六年半的时间里，她一直默默地生活在鲁国。但是桓公借鄄之会成为霸主的这一年，她突然前往齐国。关于此事，《春秋穀梁传》中指责她说，嫁到别国的妇人不可再越国境，越国境者是为无礼。但是书中没有提到文姜究竟是为什么去齐国的，而春秋三传的另外两本史书对此事均未提及。文姜以前是齐国公室之女，是桓公的姐姐，桓公肯定不会亏待这位贵客。文姜逗留在临淄自然是为了悼念亡故的齐襄公，但是她还有其他的目的。其一恐怕是为了斡旋联姻之事。是年，鲁庄公二十八岁，齐桓公三十五岁上下，文姜可能是打算让庄公迎娶桓公之女。但是桓公之女尚幼，年纪实在不足以作为夫人嫁到鲁国。

四年后，文姜去了一趟莒国。

她这一行原因成谜。

而且一年之后，她又去了一趟莒国。

应该还是为了联姻的事吧。

莒国公室一说姓己，还有一说姓嬴。无论如何都与姬姓的鲁国公室不同姓，可以通婚。文姜之子鲁庄公的妻妾中，最终只有姜姓、任姓和风姓的夫人，没有姓己和姓嬴的。所以，庄公不曾迎娶莒国公室之女，但庄公的妹妹可能嫁到了莒国。

历史上，文姜的行为有违伦常，后世学者大多从儒家礼教的角度出发对她或指责或无视。如果他们能多分一些笔墨给文姜，也许就能生动地描绘出一个生活在那个时代的女性形象了。

文姜第二次前往莒国之后的一年，也就是鲁庄公二十一年（公元前673年）七月，便亡故了。这一年，其子鲁庄公三十四岁，所以文姜去世时大概五十多岁。这个女子一直在与时代抗争，是一个壮怀激烈的人。

让我们把话题拉回到齐国。

这一次会盟，八位国君齐聚，史称"幽地会盟"。不知齐桓公是不是因为七位国君前来赴盟而感到满足，之后的十年间，他不曾再次召集诸侯会盟。在这期间，桓公把自己的妹妹嫁给了鲁庄公，终于软化了这位不屈的君主，齐国总算得以与鲁国恢复友好往来。当诸侯再次聚集于幽地举行会盟时，距上次已经时隔十一年。

出席此次会盟的有齐桓公、鲁庄公、宋桓公、陈宣公和郑文公五人，周惠王派了召伯廖前来，策命齐桓公为霸主。桓公在这一年，也就是齐桓公十九年（公元前667年），正式称霸。当时，周王将军务交由卿士代劳，西边有虢公，东边有郑公，二者分担重任。但是，周王室与郑国公室反目，虢公又不堪重任，在这样的背景下，周王承认了齐桓公的霸主地位。此后，但凡诸侯国有大事发生，都会向齐国朝堂求助，以求裁决。

"寡人定当努力成为一代霸主。"

十五年前，齐桓公对管仲立下了这个誓言，如今他终于迎来了这一值得庆祝的盛事。

"如果当时那一箭没有被带钩挡住……"

桓公无法忘却当时受到的冲击。如果那一箭的飞行方向略有偏差，桓公可能已经命丧当场，无法成为齐国的国君了。而管仲在除掉桓公后，会拥立公子纠为君，他自己会成为齐国的上卿。即使他们将鲍叔召过去，也未必能实现富国强兵，公子纠与召忽的存在只会让管仲的大才被白白湮没。

"即便如此，夷吾也会一直效命于那位庸君吗？"

也许管仲会辞掉官职，与鲍叔一起做商人吧。思及此，桓公不由得莞尔一笑，看向了管仲。

管仲不解。

"君上怎么了——"

"没什么……寡人只是想，寡人之上还有天子。允许无能之人做天子的究竟是上天，还是人民呢？"

"君上要与周王相争吗？"

"寡人没有与之相争的打算，只是在想，一个只会祭祀上天、不能为国民流一滴汗的人，凭什么是世间至尊，寡人觉得有些不可思议。"

"君上以为自己可以胜过殷汤王和周文王吗？"

"不，寡人不及这些贤王。"

"那么，就不应该思考这些事情。"

后来，桓公准备举行只有周天子才有资格举行的封禅祭祀，但在管仲的力谏之下作罢。齐桓公平定了天下，虽然不被称为天子，实际上也与天子无异，这一事实无可否认。不过是称呼的问题。人的欲望应当适可而止，这便是管仲主张的有节有度。

仁心之人

某日，管仲来到了卫国的都城。

他是前来迎接即将嫁给桓公做夫人的卫国公室之女的。

> 桓公好内，多内宠。

正如《史记》中记载的这样，齐桓公宠妾众多。桓公有三位正夫人，王姬（共姬）、徐姬和蔡姬。此外，还有享有与夫人同等宠遇的长卫姬、少卫姬、郑姬、葛姬、密姬和宋华子，这六位就是所谓的妾夫人。

长卫姬和少卫姬是一对姐妹，她们一起嫁到了齐国公室。少卫姬最初只是她姐姐的陪侍，管仲前来卫国迎接的是姐姐长卫姬。

长卫姬一行人要择吉日出发前往齐国，管仲提前五天抵达了卫国，住在卫国都城内。此时，管仲已经名闻天下。他瞄准君主射了一箭，如今却坐上了执政之位，这不可思议的经历已经传遍了天下。不过，大夫们关注的不是这些，而是管仲成功修订律法，实施新的经济政策。管仲认为，对国民课税越重，国力越是疲敝。

没有税收才是理想的富国——他怀着这样的想法,实施了重农政策,同时重视商业,维持物价的稳定。从旁观之,他的施政近乎奇迹。如今,齐国国民的赋税比其他国家要轻很多,所以天下百姓不断移居到易于生活的齐国,这导致只有齐国一国的人口在不断增多。卫国的人口一直在减少,也许就是因为人们都在往齐国迁移。

所以,卫国的大夫们非常希望能多多少少从管仲身上学到一些东西。

出发回齐国的前夜应该不会再有人来拜访了。管仲正在休息,这时,巢连前来通报说:

"一位自称卫姬阿母的妇人求见大人。"

巢连是巢画的长子,此时已经三十五岁左右了。他才德优异,是管仲手下重臣之一。

"阿母……"

阿母就是乳母。管仲不觉得是卫姬出了什么情况,但也在心中猜测她为何而来,于是命人设席,在室内等着这位乳母。

见到那人进来的一刻,管仲仿佛被闪电击中了一般,大吃一惊。尘封的过去突然裂开了一道缝。

"季燕——"

"仲公子……"

曾与自己有过婚约的人,如今成了一位举止优雅的妇人，出现在管仲的面前。季燕的眼神中有着直白的怀念，但这反而让人觉得这个人的一生一定过得并不平坦。

"你是陪卫姬……"

"一同前往齐国。因为齐国有仲公子您。臣妾的丈夫已经过世了，女儿也出嫁了。"

"这样啊。"

他们二人将曾经的爱恨情仇都放在一旁，一边感怀着已逝岁月的厚重，一边叙着家常。现在再将二人的未来联结在一起，对他们来说已经为时太晚了。

"真的没想到能再见到你。"

管仲十分激动。

"如今，天下无人不知仲公子的大名，妾身也很是自豪。"

"那真的是太好了。"

管仲有些刻意地付之一笑。他虽然没能凭自己的力量给季燕带来幸福，但是也许现在自己的存在对季燕来说便是希望之光。

"齐国的冬天非常冷呢。"

管仲对季燕说着，脑海中出现了一片星空，空中的点点星光都是一滴一滴的泪珠。

"是。"

季燕盯着管仲。他们之间有着彼此才知道的过去，那段过去只对他们二人有意义。如今，那段过往已经超越了美丑，会永远存续下去。季燕慢慢地把自己与那段过去融合在一起，时而心情平和，时而又感怀岁月的无情。

"很高兴能再见到您。"

季燕说罢便离开了。管仲环视着这间寂静的屋子，良久才意识到此刻季燕已经不在屋内，于是又回到了现实。

等到了齐国，季燕住在后宫深闺，恐怕他们不会再有机会相见了。

"季燕会在齐国度过最后的人生。"

思及此，季燕独身一人的寂寥突然向管仲心头袭来。季燕仿佛在说，我也要死在管仲终老的地方，这是最为纯粹的爱情的模样。

管仲起身，仰望夜空。当时正飘着细雨，不见丝毫的星光。

长卫姬嫁到齐国后不久，生下了武孟（无亏），而她的妹妹少卫姬生下了公子元。公子元就是后来的齐惠公，这一脉后来还有齐顷公、齐灵公、齐庄公、齐景公这四位君主。

另外还有一些逸闻是关于卫姬的聪明才智的。通常说到卫姬，指的是长卫姬，其实少卫姬才是更有智慧的那个。

据说有一次，在齐桓公召开诸侯会盟时，卫国的代表来迟了。桓公大怒，一回到齐国就叫来管仲，商议伐卫。商议结束后，桓公回到后宫，卫姬远远望见了桓公，急忙进殿一拜再拜，请求说：

"请君上宽恕卫公之过。"

攻打卫国一事是方才桓公与管仲在谈话中提到的，如此绝密的计划不可能传到后宫，所以桓公故意闪烁其词：

"寡人不曾想对卫国做什么，爱妃何来此请？"

卫姬听了，说：

"臣妾见君上入后宫时，脚步抬得很高，周身气势很盛，似乎有讨伐别国之意，而且君上看见臣妾时脸色有变，应该是要讨伐卫国吧。"

第二日一早，桓公刚进殿，管仲就说：

"君上已经宽恕卫公了吧。"

桓公一惊，问道：

"仲父是怎么知道的？"

管仲答道：

"今日君上在朝堂行礼比往日更加谦恭，言语也很平和，看见臣又似有惭愧之色，故而知晓。"

这个故事被记载在《吕氏春秋》中。书中说，圣人无须言语便能察知人心，称赞了卫姬和管仲的洞察力。

  桓公虽不言，若暗夜而烛燎也。

关于洞察力和观察力,还有很多其他逸闻趣事。

一次,桓公与管仲商议攻打莒国,然而这个计划在实施前就被国中之人知道了。桓公觉得此事非常蹊跷。

"寡人与仲父商议伐莒,尚未对外公布,国内便尽人皆知。何故?"

"定是国中有圣人。"

"啊,前日,劳役中有一个人手执锄头,傲视寡人。寡人猜,那位就是圣人吧。"

桓公命人再次召集前日的劳役,命其劳作,不可与旁人替换,管仲从旁观察着这些人。管仲的不可思议之处是,这群人刚聚集在此,他就盯着其中一个名为东郭牙的人:

"所谓圣人,定是此人。"

管仲一开始就看穿了。于是,他马上把东郭牙叫到堂前,问道:

"是你吗?伐莒之事是你说出去的吗?"

"正是。"

"我等不曾说过一句将要攻打莒国的话,你为什么对别人这样说?"

东郭牙答道:

"君子善谋,小人善意。不是吗?这是我自己揣测出来的。"

"你是如何揣测出来的?"

"听闻君子有三色。优然喜乐者,钟鼓之色;愀然清净者,缞绖之色;勃然充满者,兵革之色也。前日,小人望见君上在台上,怒气沸然,手足俱震,这是兵革之色。君上双唇大张而非紧闭,所说的正是'莒'字[①]。君上举臂而指,所指方位正是莒国。小人窃以为,小国诸侯之中尚未臣服于我齐国的就只有莒国,所以才那样说的。"

管仲很是佩服,向桓公举荐了东郭牙。管仲一共举荐提拔了五位贤臣,其中之一便是东郭牙。关于东郭牙,管仲曾说过:

"在朝堂之上早入晚出,敢犯君颜而进谏的人是忠义之士。这样的人不畏死,不贪求富贵。在这一点上,我不及东郭牙。"

不过,要说管仲举荐的最了不起的人才,还得是隰朋。

管仲向桓公举荐说,此人精通礼仪,可为外交之长。这样一来,高氏和国氏二位上卿就从国务要位上被撤了下来。

桓公越来越倚重管仲。

有官吏遇到悬案向桓公报告,桓公听了就说:

"去报给仲父吧。"

这就是说,桓公要与管仲商量之后再做决定。官吏再次汇报悬案时,桓公又说了同样的话。这样的事重复了三次。

[①] 春秋时期,在齐国一带"莒"字的读音接近ga,所以口形张开。

桓公近旁之人见了，用开玩笑的口吻说：

"这个要报仲父，那个也要报仲父，您这君主当得还真是轻松啊。"

"寡人有仲父之前，经历了多少苦难。有仲父之后，自然要安逸些。"

虽说言语之间半带玩笑的色彩，但是多少也包含了桓公的真心吧。

幽地会盟时，桓公确立了霸主地位，五年之后（齐桓公二十四年，即公元前662年），管仲受封谷城。这座城其实是鲁国为管仲特意修建的。以前，举行柯地之盟时，桓公与管仲被人以剑指喉，被迫答应鲁国归还汶阳之田，是管仲让桓公遵守了这个约定。从那以后，管仲一直为恢复两国邦交而努力，使齐鲁关系得以稳定。鲁国为了表示感谢，赠给管仲一座新建的城池。然而管仲并非鲁庄公的臣下，所以先将这座城池献给齐桓公，而后桓公再将其封赏给管仲。谷城位于济水之畔，离鲁国很近。管仲之前应当也有食邑，但是自此之后，管仲家的大本营一直在谷城。大夫不需要亲自治理自己的食邑，可以任命邑宰，令其代行政务。所以管仲马上叫来巢连，吩咐说：

"你去治理谷城吧。"

而后又叫来巢连的父亲巢画，说：

"作为隐居的地方，谷城不是比临淄更好吗？"

管仲建议巢画移居谷城，但是巢画缓缓地摇了摇头，说道：

"临淄乃我家开运之地。不仅两个犬子得以重用，愚弟也得享高官厚禄，而臣也可以在这不曾奢望的安宁中迎来致仕[①]之年。臣以前曾欺瞒过主君，承蒙宽恕，还给臣此等厚遇，大恩大德，臣及子孙定当代代相报。"

说罢，巢画对管仲连着两拜。

这一年管仲已年近七十，即将致仕，巢画也隐退了。但管仲即使到了七十岁，恐怕也难以退官。

顺附一言，鲁庄公是在这一年亡故的。庄公在这一年的春天把谷城赐给了管仲，秋天便亡故了，他对世间可能已无挂念了吧。

后来，出生于鲁国的孔子曾说：

"管仲之器小哉。"

他虽对管仲进行了激烈的批判，但偶尔也会猛烈地赞赏。

有一次，孔子的学生子路说：

"桓公杀公子纠的时候，召忽殉主而死，管仲却没有死。这不可称为仁。"

[①] 古代所说"致仕"意为交还官职，即退休。

但是孔子并没有表示同意。

"桓公召集诸侯会盟时没有动用兵车,都是因为有管仲。有谁能比得上管仲的仁德?无人可及。"

没有动用兵车的意思是,会盟是和平进行的。

批评管仲进退失当的不仅子路一人,还有子贡。

"管仲不仁,公子纠被杀,他却活了下来。不仅如此,他还辅佐主君的敌人桓公。"

这是辛辣的讥讽。不过,孔子不认为个人的行为可以算作仁,只有为国家献身的政治家才能称为仁。

"管仲辅佐桓公,称霸诸侯,一匡天下,天下百姓至今仍在受他的恩惠。如果没有管仲,我们现在肯定是发不能结,冠不能戴,衣襟也是左襟在前。"

此处,孔子关于头发和衣襟的原话是:

被发左衽。

这是指蛮夷之地的习俗。也就是说,如果没有管仲辅佐桓公匡正天下,中原诸侯之地定会被蛮夷番王入侵,中原百姓也将不得不接受蛮夷的风俗。

事实上,中原诸国一直饱受北狄、南蛮、东夷、西戎等异族的入侵之苦。

管仲受封谷城的第二年,也就是齐桓公二十五年(公元前661年），一个名为"邢"的北方小国遭到狄族入侵，向齐国求援。管仲马上向桓公谏言，应当援助邢国。两年后，邢国又遭到狄族突袭，邢国人舍弃了国都，逃入前来救援的诸侯国军中。齐桓公怜悯这些亡国之民，在一处名为夷仪的地方建立县邑，助邢国复兴。

在狄族的淫威下惨遭灭国的不止邢国一个，曾经荣极一时的卫国也在一夜之间遭到灭国。齐桓公为卫国遗民建造了名为"楚丘"的县邑，接纳难民。那是齐桓公二十八年（公元前658年）的事。二十九年后，卫国再次被狄兵包围，不得不将国都从楚丘迁至帝丘。如果没有桓公和管仲的协助，卫国无法复兴，只能沦为覆灭于春秋时期的诸侯国之一。

管仲的非凡之处不仅在于内政，还在于军事。

齐桓公二十九年（公元前657年），桓公与蔡姬一同乘舟出游。在船上，由于蔡姬过于兴奋而使小舟摇晃。桓公脚下不稳，斥责了蔡姬。可是蔡姬惯于坐船，把小船晃得更厉害了。桓公脸色一变，怒斥：

"停下来！"

可是蔡姬却又笑又叫，以颠舟为乐。

桓公震怒，下船后对左右之人说：

"让她回去。"

回去是指让蔡姬回到她的母国，桓公决意与她离缘。如果正式离缘，便要与蔡国断交，所以只是暂且让蔡姬先回娘家。可是蔡国却将蔡姬被遣回一事看作齐公与蔡姬的离别，十分愤怒，蔡姬刚回去便被另嫁他人。

"寡人还没说离缘呢！"

桓公大怒，第二年春天，他召集诸侯，攻打了蔡国。此次诸侯联军中包括齐、鲁、宋、陈、卫、郑、许、曹八国，气势恢宏。以兵马之威让对方屈服，这并非管仲所愿。

"蔡国通楚。"

这样想来，攻打楚国才是管仲真正的目的。楚国不是中原国家，中原诸侯一致认为楚国是一个南蛮大国。蔡国是周王室的分支，却与南蛮之王勾结。若不趁现在制止来自南方的威胁，恐怕日后中原会遭不幸。

诸侯联军南下，迅速攻破了蔡军，而后攻入楚国。楚成王大吃一惊，亲自率军北上，与联军对峙。楚成王派使臣到桓公处，问道：

"为什么进攻我楚国？"

对此，管仲代替桓公表示：

"我齐国先祖太公望曾嘱托召公要辅佐周王室，不论哪里的君主，但凡有不正之行，皆可伐之。楚国不向周朝进贡，致使周王不能顺利举行祭祀。因此，我们特来收取贡物。另外，周昭王曾南征而未归，此次来也是要问一问其中的缘由。"

楚成王回答说：

"未向周王室进贡，实是寡人之过，日后必定奉上。周昭王未归一事与我楚国无关，还请往汉水之畔一探究竟吧。"

周昭王乃康王之子、穆王之父。昭王时期，周王朝已经式微，据说昭王巡视南方时，在汉水溺水而亡。

楚国这个国家在楚成王时期成为一个大国，势力范围往北直达中原，此时几乎年年都会与郑国交战。管仲打算带领这支诸侯联军南征，挫挫楚国的锐气。

管仲八十多岁时，仍然没能退官。

齐桓公三十七年（公元前649年），周王室中，周襄王和异母兄弟叔带之间的争端激化，发生了叔带联合诸戎军队进攻王都的大事件。翌年，周襄王借秦国与晋国之力，击退了叔带的乱军，战败的叔带逃到了齐国。为此，桓公派管仲与隰朋前去推动媾和。大乱得以平定，周襄王召管仲上殿，以上卿之礼相待，但是被管仲拒绝了。

"臣不过一介小吏。我齐国中有天子任命的二守，即国氏与高氏。若此二卿于春秋时节来朝觐见，得承王命，王又将以何礼待之？故臣辞受上卿之礼。"

但是周襄王没有打算改变接待管仲的礼制。

"寡人嘉奖你的功勋、回报你的懿德，是为了不忘记这次的事。你应当勉励职守，不可违抗上命。"

襄王的意思是，管仲虽然不是齐国上卿，实际上却等同上卿，所以以上卿之礼接待也并无不妥。但是，世间的秩序礼法讲究的不是实质而是形式，礼法本身就是秩序的体现，如果周王有违礼法，一切秩序都会崩溃。管仲觉得为了周王，必须坚决地推辞上卿之礼。他坚持不接受，最终只受了下卿之礼，回到了齐国。关于这件事，日后的有识之士称赞道：

"管氏一家能长盛不衰是有道理的。因为他们谦让，而且不忘居上位之人。"

说到谦让，《史记》中还记载了这样一个关于桓公的小故事。

北方异族山戎进犯燕国。桓公为救燕国，马上出师讨伐山戎，千里行军，直攻至孤竹国而后返。燕国国君为了表达感谢，亲自把桓公送到国境。也许是情谊难舍，燕国国君竟然也一起进入了齐国境内。此时，桓公马上说：

"与天子不同，诸侯相送不可越过国境。寡人不想被人说我齐国致使燕国失礼。"

于是当即以沟为界，把燕君同行所到的地方尽数割让给了燕国。

这与其说是霸主之礼，不如说是王者之礼。桓公成为君主之前一直受到鲍叔的熏陶，成为君主之后又受到管仲的教导。从桓公无与伦比的气度来看，这位君主可以说是鲍叔与管仲二人合作打造出来的艺术品，是人类创造出的一个伟大成就。

让我们用下面这个例子来看一看管仲对桓公的指导方式。

一日,桓公外出狩猎,驾马车追赶小鹿,进入山谷之中。桓公见一老者,问道:

"此处是什么谷?"

老人回答说:

"叫愚公谷。"

愚公就是愚人。桓公苦笑了一下,又问道:

"为什么叫这个名字?"

"是因为老朽。"

"寡人不觉得您愚笨。这真的是因为您而起的名字吗?"

老人言辞含糊地低下了头。

"请听老朽讲一讲缘由。我从前养牛,小牛长大之后,老朽把它卖了,换了一匹小马。这时,来了一个年轻人,他说牛生不出马,便把那匹小马带走了。街坊邻居听说了这件事,都笑我愚笨。所以我住的这个山谷就被叫作愚公谷了。"

"原来如此,您忒愚。为什么要将小马交给那个年轻人呢?"

桓公不解,狩猎结束回到了临淄的宫中。第二天早上,马上把这事告诉了管仲。管仲稍稍正襟,而后行了一礼。

"此乃臣之过。如果天子是尧帝,法官是皋陶,一定不会出现夺人小马之徒。即使有，那位老翁也会以武力相抗，绝不会将自己的东西交给别人的。那位老翁一定是知道诉讼不公，即使到府衙告状也是于事无补，所以才在小马被抢时默不相争，被抢之后也没有向府衙告状。还请君上恕臣告退，修正政务。"

这便是管仲推行的政治。管仲推行的不是贵族政治，是庶民政治，而且他很擅长倾听民意。为政者，如果不能听到民间无声的声音，是断然不能行善政的。管仲的非凡之处和体恤民心，从上面的小故事中可见一斑。

又一日，管仲设酒宴款待桓公。

暮色见浓，桓公却因为兴致高昂而迟迟不愿回宫。

"点烛——"

桓公想命人掌灯，管仲听了，严词道：

"臣占卜得知君上驾临以昼间为吉，关于夜间臣不曾占卜。还请您回宫。"

桓公稍稍有些不满，说道：

"仲父年纪大了。寡人与仲父能这样对饮的机会，今后还有几次？痛饮至深夜又何妨？"

桓公还想继续宴饮。管仲静静地看着桓公。

"君上错了。追求口腹之欲的人德行浅薄，沉迷享乐的人会陷入忧困。壮年时懒惰会错失时宜，老年时懈怠会失去名声。臣如今依然为君上鞠躬尽瘁，为何君上却要沉迷于酒宴呢？"

后来《吕氏春秋》中极力夸赞说，正是管仲这样的姿态，才让齐桓公成为一代霸主。

管仲受了下卿之礼，在从王都回到齐国的三年之后，也就是齐桓公四十一年（公元前645年），辞世了。

在那之前，桓公曾向病中的管仲询问。

"群臣之中，有谁可以为相？"

"据臣所知，无人能胜君上。"

"易牙如何？"

"为君上烹子献糜，这样的人毫无人性，不可。"

易牙又被称为雍巫，是这一时期最杰出的庖厨。但是，他心怀参政的野心，讨好了长卫姬，通过寺人貂来到桓公近前，成为长卫姬之子无亏身边的近臣。易牙杀了自己的儿子，做成菜肴献给桓公，桓公称赞了菜肴的美味。

"启方如何？"

"背离亲长，其父亡故时，这位卫国公子回国之后都没有哭，此人不可亲近。"

公子启方在《史记》中被记载为开方。这是因为汉朝历史学家在著书中会避讳汉朝历代皇帝的名讳，司马迁将邦（汉高祖）、盈（汉惠帝）、恒（汉文帝）、启（汉景帝）、彻（汉武帝）这几个字都换成了其他的字。所以开方其实应该是启方。在管仲临终那年，公子启方已经在桓公身边侍奉了十五年。

"竖刁如何？"

"为了留在君上身边而不惜自宫，乃无情之人，不可近亲。"

竖刁应该就是寺人貂，是桓公的后宫总管。据《吕氏春秋》记载，桓公还提到了一个名为常之巫的人，征求管仲的意见。常之巫与其说是负责祭祀的官员，不如说是个巫师。

"寡人知道了。"

桓公虽然这样说着，可是最终也没有贬黜上述这些人，这导致了后来的齐国之乱。关于管仲病中与桓公的对话，《庄子》和《列子》等书中的记载相差甚远。桓公曾这样问道：

"仲父病重，有些事不可再避而不谈了。如果仲父有什么万一，寡人该将国事交由何人负责？"

"君上认为谁可以？"

"鲍叔为好。"

"不可。鲍叔为人廉洁善良。但是他总是用自己的标准要求别人，对于不如他的人，不会再与另外的人作比较。一旦他知道一个人曾有过过失，就终生都不会忘记。如果鲍叔治国，他一定会让君上听从他的意见，实施有违民心的政治。这样一来，他就离受罚不远了。"

"那么，谁可以呢？"

"硬要说的话，臣以为隰朋可以。隰朋深知上意，且下通民情，一方面惭愧于自己不如古代贤王，另一方面同情不如自己的人。将美德分给别人的人是圣人，把财产分给别人的人是贤人。没有人凭借贤德位居人上还能得人心，也没有人凭借贤德自谦于人而不得人心。隰朋在国政上不过问多余之事，于家政上也不看多余之事。硬要说的话，臣以为隰朋可以。"

管仲举荐的隰朋，在管仲去世十个月后也去世了。另外，史料中没有明确地记载鲍叔是什么时候去世的。根据《说苑》中的记载，鲍叔比管仲去世得更早。桓公因为管仲的辞世心情低落。两年后，也就是齐桓公四十三年（公元前643年）的十月，桓公也薨殁了。

管仲生前曾遇到过两名盗贼，他规劝他们改邪归正，在自己手下做事，后来还将他们举荐给了桓公，使其成为桓公身边的直臣。那时管仲说：

"他们只是因为之前交友不慎，其实都是很好的人。"

桓公一直记得此事，管仲去世时，还命这二人前来服丧。

管仲是贵族时代第一个为百姓施政的人。

仓廪实而知礼节，衣食足而知荣辱。

管仲的这句话成了不朽的名言。在思想家之余,作为从政者的管仲"论卑而易行"。

意思是,他的政论易于理解,民众也易于执行。

从中,或可看出管仲真正的样子。

后记

管仲
下

　　管仲，这个人物我一直想以小说的的形式来描写，却一直不知如何下笔。

　　中国春秋时期第一个霸主是齐桓公。齐桓公逃亡在外时得知齐国内乱，匆忙回国。同样逃亡在外的齐桓公兄长公子纠也打算赶回齐国，争夺君位。在这场竞争中，公子纠的臣下管仲为了阻止齐桓公回到齐国，设伏并放箭射中了齐桓公。这个充满戏剧性的场面是春秋前期的一大亮点，而管仲射出的那支箭可谓拉开了霸主时代的序幕。

　　管仲这样一个光芒四射的人物，我当然想让他在小说的世界里也大放异彩，当我对春秋时期有所了解之后，马上就有了这个想法。但是，一开始越是觉得容易的事情，到后面就越难办成。管仲一生的特点是身边总有包容他的人。包容固然美好，但极难做到。鲍叔完美地做到了这一点，他与管仲成为挚友，一起为齐桓公效力。鲍叔和齐桓公都有着强烈的是非观，正因如此，他们无法接受有违人伦的齐襄公，所以选择离齐国而去。鲍叔与齐桓公在回到齐国之后，对公子纠依然十分冷漠。但面对管仲，他们却选择了原谅。当然，这种令人不解之处正是小说情节得以施展拳脚的地方。另外，如果根据史料的记载来描述这段故事的话,就不得不从齐襄公被公孙无知暗杀这件事讲起,这从小说的整体结构来看并不理想。管仲的年龄在各种资料中都没有记载,所以只能推测。齐襄公暴毙时,管仲已经四十多岁的说法比较合理。可这样一来,我们就不了解二十多岁和三十多岁时的管仲了,而且更为重要的是,他与鲍叔的邂逅就不得不以回忆录这种冷冰冰的形式来书写。

小说并不是讲故事,也并不是经过整理加工的、以过去时为主的文体,写小说必须向"为什么"发起挑战。这个"为什么"既能作为主题,又可以在问答之间形成体系,而后才有小说。

管仲曰:

> 吾始困时,尝与鲍叔贾。

如果《史记》中的记载是真实的,就说明这二人曾一起做生意。且不说管仲,鲍叔作为大夫之家第三子,是什么理由让他离家经商的呢?《史记》中说管仲出生于颍上。因为管仲生于颍上,后随父亲迁居至齐国,并为齐公效力,因此幼年时的管仲就与鲍叔相识,一同游玩,也是完全有可能的。

《列子》中有云:

>　　管夷吾、鲍叔牙二人相友甚戚，同处于齐。

　　公孙无知的同党中有一人名叫管至父，由此可知，管氏一族当时在齐国。

　　不过，我对颍上这个地方有些在意。任何资料中都没有关于管仲全家迁至齐国的记录。虽然只是我的推测，但我认为管仲的父亲在颍上有些权势，其子管仲也出生成长于颍上，这符合《史记》中"颍上之人"的说法。

　　但是，如果这样设定管仲的出身，那他就不可能与本应在齐国的鲍叔有相识相交的机会了。虽然小说家有权对事实进行加工，任意地让偶然成为必然，但小说家不应该滥用这个权力，除非是为了服务于小说中的真实。管仲和鲍叔生活于春秋时期，他们不可能脱离时代的束缚，打造出一个超越时代的特殊环境，这样想来，上面所说的难题就无法解决了。我开始写《沙中的回廊》时，曾以为这是自己最后一次写春秋时期的人物了。可当我写完之后，心中有个声音提醒着我："还有管仲呢！"角川书店的宫山多可志先生给了我很多年的时间，我向他承诺："我要写一写管仲！"而后，我意识到上面的难题尚未解决，甚感消沉。事实上，我曾经对他说过，自己写不了管仲。但是，若此时不写，恐怕我这一生都无缘再写了。因此，我昼夜辗转反侧，直至时间紧迫，再不动笔，第一回的连载就来不及了。而此时，不可思议的一道灵光乍现——原来如此，他们二人是这样相遇的！

所谓天佑，就是如此吧。上天让我脑中出现了小说的开头，我激动不已。动笔开始创作时，也意味着这个小说已经完成了。一篇小说，读了开头就能猜到结尾，但是读了结尾却未必能猜到它的开头。可以说，开头是小说整体的生命力所在。管仲与鲍叔二人所代表的阴阳两面，在齐桓公出现之后，出现了反转。我想把这个历史上的明暗反转写到小说中。

对于宫山先生自始至终的大力支持，在此表示深深的感谢。

平成十五年（2003年）二月吉日

宫城谷昌光

解说

"所谓天佑,就是如此吧。上天让我脑中出现了小说的开头,我激动不已。动笔开始创作时,也意味着这个小说已经完成了。一篇小说,读了开头就能猜到结尾,但是读了结尾却未必能猜到它的开头。"

作者在《管仲》的后记中轻描淡写的这一段话,让我不由得一惊。我和作者宫城谷先生最初聊到这个话题还是在2001年出版的《沙中的回廊》的后记中。那篇文章中有这样一句:"开头之文既成,虽小说千页,亦成矣。"

以前,我曾作为记者多次采访宫城谷先生。(采访稿刊登在《宫城谷昌光全集》的附录"季报"中。)每次我都会特意把宫城谷先生上面提到的这个观点拿出来问。"您一直觉得写好了开头,后面就没问题了吗?"我问得惊诧,但宫城谷先生却总是回答得理所当然:"一直如此。"

宫城谷先生认为自己在创作小说时,不是一个隐晦曲折或者善用辞藻的人,这一点,我在长期以来对他的采访中也有所体会。

但是,这与脑中出现一个场景就能创作出一则短篇小说有所不同。宫城谷先生的长篇小说何止千页,往往长达数千页，而他认为这样一部小说的成功与否，皆取决于能否写好开头。

这应该就是小说家宫城谷先生所固有的、与众不同的小说创作手法，又或者这就是他独到的想象力。我们无须去解明这种世间少有的想象力背后的秘密，只要尽情享受他的想象力带给我们的喜悦便好。我在采访的时候就是这样想的，至今也没有改变。不过，同时我也认为，即使那背后的秘密无法解明，但我们还是能尽量接近那个秘密本身，看看它的样子。

《管仲》的开头描写了管仲与鲍叔这两个天才的相遇。十六岁的鲍叔千里迢迢从齐国来到位于周朝国都的召公家，他是来召公门下求学的。而此时，比他年长四岁的管仲已经静静地等在那里了。当一个年轻人遇到另一个才华横溢的年轻人时，年轻往往会成为他们之间的阻碍，但是对于这二人来说却不是问题。鲍叔眼中的管仲是一个博闻强识、一眼看透事物本质的人。管仲眼中的鲍叔是一个为人通透、头脑明晰，而又无限温暖的人。

全文的开篇场景以及后面的情节展开可谓鲜活生动，引人入胜，同时，这里还有另外一层喻义。以成语"管鲍之交"而闻名后世，二人之间那份无与伦比的友情以最深刻的姿态展示了出来。与其说是友情，不如说是人与人之间的信任。这二人的交情由何所起，包括《史记》在内的众多史料中都没有记载。

如宫城谷先生在后记中所说，管仲的出生地若真的是《史记》中记载的颍上，那么他就没有机会结识身在齐国的鲍叔。在史书的记载中，二人一开始就已经是关系要好的朋友，"同在齐国"，而二十岁到四十岁的管仲的情况，书中没有任何记载。

宫城谷先生说，他早在二十多年前就一直对春秋时期非常感兴趣，管仲可以算是这个时代的点睛之笔，他一直想写一写管仲，但是上面所说的难题一直没能解决，所以一直未能成书。当他决定着手写这部小说的时候，在最后一刻，开篇描述的那个场景就像"天佑"一般出现在了他的脑海中。

也就是说，开篇的场景不仅是对小说整体有象征意义的、吸引人眼球的引子，而且与小说整体的构成有着不可分割的联系。管鲍二人的友情不是一开始就有的，他们作为两个个体，是在交往中逐渐建立起了坚固的友情。能否看到这一点，能否将这些作为一个故事讲述出来至关重要，所以说开篇的内容有着能够决定一篇小说成功与否的力量。

也许对宫城谷先生来说，开篇的部分就像是光源，可以照亮整部小说。即使对故事的展开不做过多设计，只要有一个强力的光源，小说中的整个世界都会在一瞬间清晰可见。与其说是见，不如说是感知。

在这里我想插一句，说一说我幻想中的创作场景。作家在创作时，需要彻底地考察研究自己作品中的世界相关的史料和其他资料，要把握住那个世界里发生的所有事、出现的所有人。这样就形成了一个巨大的球形小说宇宙，可是还不知道入口在哪里。然而，某个时刻，灵光乍现，开篇就有了！也就是说，找到了入口，作家就是从这里进入自己创造出来的小说世界的。当然，这不过是我作为读者的想象。

言归正传，在这样的开篇下铺展开来的二位年轻人的故事前半程，带有教育小说的影子。

小说中的管仲与鲍叔并没有放眼未来，互相切磋，共同进步。管仲心中怀着对季燕炽烈的爱，那份爱无法得到回应的时候，他心中充满郁闷。在这份郁闷中，管仲先是被打击得粉碎，而后又如溺水之人渴求生的希望一般，摸到了"天"。"天空是一片无限的哀伤吧"，年轻的管仲这样想着，也许可以说正是这份求而不得的爱情，让他发现了"天"。

另外，与其说鲍叔是跟在管仲身边求学，不如说他从不断在烦恼中成长的管仲身上看到了治理天下所应具备的气度。深入地了解管仲这个人，比研究其他任何学问都更好。

管仲曾对鲍叔这样说过："公子观人过甚。这既是优势，也是劣势。"鲍叔听了有些生气，但同时，他从管仲的言语中窥见了管仲的思想。管仲认为人有上限，有自己不可能逾越的东西；而这个思想中，有着深入人心的洞察力。鲍叔意识到了这一点，所以更坚定了对管仲的信赖。作者对这两个年轻人的思想与内心都进行了深入的剖析，这种有关他们青春时期的写法令人佩服。

这一时期出现在二位主人公身边的女性角色又是何其地充满魅力！季燕和梁娃之于管仲，檽叔之于鲍叔，还有白纱之于贝伕。借用小说中的话说，"我见犹怜"。在这一点上，她们是共通的。女性的柔美之姿，如嫩叶上沾染的春色，每棵树各不相同，各有各的韵味。在与女性的恋爱中，管仲与鲍叔都越发成熟，恋爱小说的情节铺展开来。

在宫城谷先生创作的有关中国历史的小说中，女性形象的描写尤为出色的一部是《青云扶摇》（1997年于日本出版），这本书以最终成为秦朝宰相的范雎为主人公。在前文提到的采访中，就深爱着范雎的女性角色，宫城谷先生曾说："这些女性角色都没有历史原型，全部是虚构出来的。"他还说，史料中几乎没有女性的名字出现，只是偶尔出现一些王公贵族的夫人。

由此推测，季燕与梁娃，还有檽叔与白纱，都是作者虚构出来的女性人物形象。这样想来，可以说作者是虚构出了一个青年时期的管仲，这更让人深感管仲与季燕诀别这一情节设定之巧妙。宫城谷先生原本就是写恋爱小说起家的，他身上还藏着作为恋爱小说名家的一面。若这样的评价也算失敬，我只能对小说中描写的那些女性深深一叹。

顺附一言，女性角色中只有一个人真实存在过，那就是齐襄公（太子诸儿）的异母妹妹文姜。对于这位和自己的兄长产生不伦之恋的公室贵女，史料中的评价极为冷酷。但是宫城谷先生没有从伦理的角度对齐襄公与文姜那异常的爱进行审判。齐襄公是一位身世曲折、性情狂暴的掌权者，即便如此，他也还是一个人。作者用不戴有色眼镜的视角靠近他，深挖出了二人真实的心境。由此，作者对人、事、物的洞察力可见一斑。

总之，这部小说中有年轻女性角色出场的场面都让人印象尤为深刻。比如，梁娃被一种预感驱使着，自己找到了管仲所住的地方：

> 梁娃匆忙地换上了婢女的衣服，用头巾遮住脸和头发，跟在那少年的后面。秋日傍晚，路上渐渐暗了下来，两旁屋舍映出的影子渐长。少年腰间系着的佩巾掉在了地上，而他并未发觉。梁娃将他掉落的佩巾捡了起来。那佩巾在潮湿的地面上被泥土弄脏了。

通过这一段描写，旧铜版画一般的风景展现在我们的眼前，我们马上就被带到了浪漫的艺术世界。

那个世界中有着中国古代的温县小镇。时间是公元前8世纪左右，周朝一度倾覆，诸侯割据。作者究竟是在浪漫之上书写了春秋初期的人物和史实，还是在历史的大背景下展开了浪漫的故事？二者自然地融合在一起，没有界限。我们完完全全地沉浸在了宫城谷先生创作的历史小说的世界里。

这正是宫城谷文学的厉害之处。

前面我提到过，这部小说的前半部分是一部教育小说。这部分内容中出现了史料及各类资料中都不曾出现过的二三十岁时的管仲。青涩的爱恋、失意与苦闷，我们的主人公在这些经历中成长。

从全书的中段开始，管仲在鲍叔的指引下来到了齐国，二人分别成为公子纠和公子小白的太傅。几乎与此同时，二人也各自成婚。管仲在心中自问："我的寒冬过去了吗？"

历史上，管仲与鲍叔的故事是由此开始的，这与小说中的人物形象毫无违和地衔接在了一起。成为公子纠的太傅之后，管仲通透思想中，"不过分观人"的特质愈加明显。管仲认为"先有天、地而后有人"，所以要"看向映于天地之间的众人"，他的思想是统一的。而此时，对季燕的爱与失去季燕让管仲形成了对"天"的独到认识，应当如何治理这些生活在"普天之下"的人，管仲的经纬大业也由此展开。

鲍叔在这样的管仲身上看到了独一无二的宰辅资质。所以，他对管仲表现出的异常执着和无私支持中，有深刻的现实性。鲍叔这个人也不同寻常，是一位公认的天才政治家。也就是说，历史上著名的"管鲍之交"也好，经典的"射钩"场面也好，都在这二人人格的连续性与现实性之中，变得有血有肉起来。

管仲成为宰相之后也是如此。他认为人的身上有着无法超越的局限性，所以需要制度和法律（或者与之类似的东西）来维护人民的利益。齐桓公问他"应当如何治国"时，管仲说"主上成为霸主如何"，而想要成就霸业，首先需要让国家整体变得富庶，需要以此为目标进行施政。这也是深知"人有着不可超越的局限性"的人才能发挥出的惊人力量，具有惊人的现实性。

在这部小说中，我们可以听到管仲作为一个真实存在的人，亲口对我们说出那句名言，那句在提到宰相管仲时必然会被引用的名言：

> 仓廪实而知礼节，衣食足而知荣辱。

这是很少有的小说阅读体验，而此时的历史小说可能也超越了历史的局限。

历史并非随处可见的既存事物。历史学家是一种不可思议的存在，他们收集大量的史料，明确其中关系，从宏观的角度来观察人类的过去。虽然我们借此得以窥见人类的来龙去脉，但很少能亲耳听到过去的人们的声音。从历史学的角度来看，这是没办法的事。但是在小说中，我却仿佛听到了那些熟知的人真实的声音。

最后，我还想指出这部小说的一个特征。那就是，宫城谷先生的表述越来越成熟，日臻佳境。比如，关于"射钩"的描写。

管仲追击鲍叔的主君公子小白，为了阻拦他，从高处射下一箭。箭没有射中公子小白的胸口，而是射中了他的腹部，被其腰间所系带钩挡住，公子小白逃过一劫。小说中这个场面的描写扣人心弦。但是，在接下来的一章中，作者引用数段史料，重新考证了一遍"射钩"的情节。管仲射出的那一箭，究竟是公孙无知之死造成的混乱局面中的哪个时间点？作者旁征博引，进行了思考。

通常，这看起来像是作者推翻了自己创作的戏剧性场面。但是，这奔放至极的写法却意外地并不让人觉得违和。不仅如此，这甚至让人觉得，作者是通过严密调查，才描写出了那样充满戏剧性的场面。考证十分严谨，而且将这份严谨恰到好处地融入小说之中，可谓天衣无缝，浑然天成。

为什么会这样？也许是因为历史考证的部分也在小说这个大宇宙中，自然而然地发挥着它的作用。进行考证的作者本人也在这个虚构的世界中，作为其组成部分闪耀着星光。

当然,管仲和鲍叔都是璀璨的明星,小说中的女性形象也争相辉映。我们读罢掩卷,却久久不愿从这个宇宙中抽离,定是因为在这些闪耀的群星中,我们触碰到了真实的人性之光。

东海大学文学部教授　汤川丰